Ausführliche Informationen über
unsere Autoren und Bücher
www.dtv.de

Jean-Paul Didierlaurent

Macadam
oder Das Mädchen von Nr. 12

Erzählungen

Aus dem Französischen von
Sina de Malafosse

dtv

Von Jean-Paul Didierlaurent
sind bei dtv außerdem erschienen:
Die Sehnsucht des Vorlesers (21676)
Der unerhörte Wunsch des Monsieur Dinsky (26162)

Deutsche Erstausgabe 2017
dtv Verlagsgesellschaft mbH & Co. KG, München
© 2015 Éditions Au diable vauvert, Vauvert
Titel der französischen Originalausgabe:
›Macadam‹
© 2017 der deutschsprachigen Ausgabe:
dtv Verlagsgesellschaft mbH & Co. KG, München
Das Hamlet-Zitat auf S. 141 wurde übernommen aus:
William Shakespeare, ›Hamlet‹, übersetzt von
Holger M. Klein, Reclam 1984, S. 109.
Umschlaggestaltung: dtv unter Verwendung einer
Illustration von Katharina Netolitzky/dtv
Innengestaltung und Satz: Bernd Schumacher, Friedberg
Gesetzt aus der Footlight MT Light 11/18 pt
Druck und Bindung: CPI – Ebner & Spiegel, Ulm
Gedruckt auf säurefreiem, chlorfrei gebleichtem Papier
Printed in Germany · ISBN 978-3-423-26145-6

Für Louis

Inhalt

MACADAM 9

IN NOMINE … 21

NEBEL 35

DER STERNENGARTEN 45

MENU À LA CARTE 53

IHR HEILIGTUM 69

DIE BIRKE 79

DER ALTE 91

HEFTPFLASTER 107

MOSKITO 121

ZEITLOS 141

MACADAM

Der Regen war noch mal stärker geworden, als die junge Frau auf den Parkplatz gefahren war. Seit fünf Minuten prasselte er in andauerndem Staccato auf das Autodach. Hinter dem Regenvorhang schien der Asphalt mit der Luft zu verschwimmen, grau in grau.

Eine Zeitlang hatte Mathilde gehofft, dass der Typ vielleicht kneifen würde, dass er sie nach reiflicher Überlegung und nach allen Regeln der Kunst schlichtweg versetzen würde. Ihre geheime Hoffnung zerplatzte dann aber, als sie den gelben Kombi erblickte, der in der Nähe des Eingangs zum Restaurant geparkt war.

Nun wartete sie also im behaglichen Wageninneren

darauf, dass der Regen nachließ. Dabei wusste sie wohl, dass der Regen nur ein Vorwand war, um die bevorstehende Begegnung hinauszuschieben. Aus Angst zögerte sie den Moment hinaus, in dem sie sich von ihrem Sitz losreißen musste, um den Parkplatz zu überqueren. In ihrem Kopf schwirrten zahllose Fragen.

Wie würde er reagieren?

Würde er in Lachen ausbrechen?

Beleidigt abhauen, ohne ein Wort oder einen Blick für sie?

Sich lautstark beklagen, dass man ihn verarscht habe?

Abwarten, dass sie zu ihm an den Tisch kam und eine kurze Erklärung abgab – eine Gelegenheit, um ihr seine Enttäuschung zu zeigen –, nur um sie dann einfach stehen zu lassen?

Oder würde er bleiben?

Aber wozu?

Einfach aus Neugier?

Um eine ungewöhnliche Erfahrung zu machen und seinen Kumpels von der irre komischen Geschichte erzählen zu können, die er erlebt hatte?

Um mit ihr zu spielen wie die Katze mit der Maus?

Der einzige Weg, es herauszufinden, war hineinzugehen.

In etwa zwanzig Metern Entfernung leuchteten die Fenster des Restaurants. Zwanzig Meter, die sie im Schein der Straßenlaternen hinter sich bringen müsste, zwanzig Meter, auf denen sie die Blicke ertragen müsste, die sich unweigerlich auf ihren Körper heften und wie Stiche in ihr Fleisch dringen würden.

Mathilde erschauderte.

Seit dem Unfall ertrug sie die Blicke der anderen nur noch an ihrem Arbeitsplatz.

Auch heute war wieder die gesamte Menschheit an ihr vorbeigezogen. Männer, Frauen, Alte, Junge, Dünne, Dicke, Schwarze, Weiße, Rotgesichtige, Braungebrannte, Höfliche, Schwächlinge, Schweigsame, Schüchterne, Aufreißer, Angeber, Unbeholfene, Vollidioten, Witzbolde, Proleten, Schlafmützen und Hektiker. Die waren die Schlimmsten. Wollten immer, dass die Schranke hochging, sobald der erste Euro bezahlt war.

Mathilde war das scheißegal. Sie konnte nun mal nicht hexen. Egal, ob ihre Kunden es eilig hatten oder nicht, sie musste Schritt für Schritt dem Dialogskript folgen, das sich die klugen Köpfe der Autobahngesellschaft »Autoroutes Paris-Rhin-Rhône (APRR)« ausgedacht hatten: den Kunden begrüßen, höflich den für das Befahren des heiligen Asphaltstreifens zu bezahlenden Betrag nennen, sich genauso höflich beim Fahrer bedanken, sobald die Summe einkassiert war, und während die verdammte rot-weiße Schranke hochfuhr, dem Fahrer im Namen der APRR noch eine gute Fahrt wünschen. Wortwechsel, die die Referenzzeit nicht überschreiten durften, die zu Jahresbeginn vom Bereichsleiter in ihrem Feedbackgespräch festgelegt worden war und in ihrem Fall genau vierzehn Sekunden betrug.

Dem letzten Monatsbericht zufolge war sie noch mehr als drei Sekunden von dieser Zielvorgabe entfernt.

Besagte Zielvorgabe konnte Mathilde aber mal kreuzweise. Wenn es sich ergab, fügte sie einen kurzen zusätzlichen Satz ein, lächelte länger als nötig, streckte frechen Kindern gleichfalls die Zunge raus, nickte freundlich, wenn man ihr zuwinkte, streifte mit den Fingerspitzen die Hände, die ihr das Ticket hinhielten, berührte Handflächen, wenn sie das Wechselgeld gab, verhakte sich in Blicken, bevor sie davonflogen. Die junge Frau legte ein Verhalten an den Tag, das ihre Gesamtleistung schmälerte, das war ihr bewusst.

Die neue Mathilde scherte sich jedoch nicht um Anweisungen von oben. Die neue Mathilde verlangte nach menschlichem Kontakt, nach Blicken oder Berührungen, egal wie flüchtig sie auch waren. Und dann waren drei

Sekunden ja nicht die Welt. Wenn es ihnen nicht gefiel, dass das Signallicht der Nr. 12 ein wenig länger rot war als das der anderen, mussten sie es ihr nur ins Gesicht sagen.

Aber niemand sagte ihr, Mathilde, noch etwas ins Gesicht, nicht einmal der Bereichsleiter, der vor dem Unfall keine Gelegenheit für einen anstößigen, anspielungsreichen Witz ausgelassen hatte, während er ihre Brüste fixierte, und der sie jetzt mied wie die Pest. Nie hätte Mathilde geglaubt, dass sie eines Tages die gute alte Zeit vermissen würde, in der dieser Perversling ihren Hintern anstarrte, sobald sie ihm den Rücken zudrehte. Jetzt spielte Mathilde sogar mit, wenn ein Fahrer versuchte, sie anzumachen. Klimperte eifrig mit den Wimpern, kokettierte, mimte das scheue Reh. Sie genoss den Moment, und dann ließ sie den schönen Prinzen mit einem schnellen Hochziehen der Schranke verschwinden. Wenn du wüsstest, mein Hübscher, dann würdest du dir die Spucke sparen, dachte sie trübsinnig.

Wenn der Wagen losfuhr, blieb manchmal eine durch das geöffnete Fenster geworfene Beleidigung zurück. Mathilde empfing diese kleinen Zornblasen wie ein Geschenk. Inzwischen wagte es nämlich niemand mehr, sie außerhalb der paar Kubikmeter stickiger Luft, in der sie ihren Arbeitstag hindurch schmorte, zu beleidigen. Draußen hatte sie höchstens Anspruch auf Mitleid,

Anteilnahme oder bestenfalls Gleichgültigkeit. Mit jedem »Nutte«, »frigide Kuh«, »Schlampe« oder »Beamtenfotze«, das ihr von Zeit zu Zeit ins Gesicht geschleudert wurde, fühlte sie sich deshalb lebendiger, vielleicht noch mehr als nach einem freundlichen Lächeln oder einem netten Wort.

Als sie vor fünf Monaten die Arbeit wiederaufgenommen hatte, war die Kabine Nr. 12 sogleich *ihre* Kabine geworden. Da sie am einfachsten zugänglich war, hatte sich das automatisch so ergeben. Eine Art schweigende Übereinkunft zwischen ihren Kollegen, von denen keiner je Anstoß daran nahm.

Die Kabine war ihr Lieblingsort geworden, und das obwohl sie alles andere als heimelig war. An heißen Tagen hatte der Ventilator zu ihren Füßen selbst auf stärkster Stufe Schwierigkeiten, die überhitzte, zwischen den Blechwänden angestaute Luft zu kühlen. Im Winter schaffte es der stotternde Heizlüfter nie ganz, die Kälte des Nordwinds zu vertreiben, wenn der in eisigen Böen unter das Vordach fuhr. Ganz abgesehen von den Auspuffgasen und Benzindämpfen, die zu jeder Jahreszeit arglistig zu ihr hochkrochen, ihren Hals reizten und in ihren Augen brannten, und dem andauernden Gehupe und Geknatter, das ihrem Trommelfell zusetzte.

Dies war der Preis, den sie zahlen musste, um die andere Mathilde draußen zu lassen. Die Mathilde, die ihre Wohnung so wenig wie möglich verließ, die bei jedem Telefonklingeln zusammenzuckte, die ihre freien Tage zurückgezogen im Schlafanzug zu Hause verbrachte, die Nase in ein Buch und den Kopf in den Sand gesteckt. Diese andere existierte nicht mehr, sobald sie in der Kabine Nr. 12 an der Mautstation von Villefranche-Limas saß. Hier, während der sieben Stunden ihres Arbeitstages, wurde sie wieder die Mathilde von vorher. Die Mathilde, die sich aufhübschte und vor sich hin summte und die die alte Jogginghose zu Hause ließ. Hier in der Nr. 12 war sie die Königin, eine Königin, die von ihrem Thron aus tagtäglich die bunte Masse von Untertanen an sich vorbeiziehen ließ und dabei mitunter ihr Spiegelbild auf der glatten Seitenfläche der Lieferwagen betrachtete – das Bild einer vom Lichtschein umgebenen Mona Lisa, die sich selbst zulächelte.

Der gelbe Kombi war vor zwei Monaten in der hypnotisierenden Schlange von Fahrzeugen aufgetaucht. Ein junger Handelsvertreter, wie Mathilde täglich Dutzende vorbeiziehen sah. Anzug, Krawatte, gepflegter Haarschnitt. Aber das offene und warme Lächeln, das er ihr schenkte, hatte nichts Aufgesetztes, und Hitze war in Mathildes Wangen gestiegen.

Der gelbe Kombi und sein Insasse waren am nächsten Tag wiedergekommen. Und am übernächsten. Jeden Tag nahm der Mann die Autobahnauffahrt, fädelte sich in die Reihe vor der Kabine Nr. 12 ein und schenkte ihr dieses Lächeln, das sein Gesicht erhellte und ihr Herz höher schlagen ließ.

Nach einer Woche hatte er auf das »Guten Tag, Monsieur« von Mathilde entgegnet, er heiße Jean-François. Sie musste unweigerlich losprusten, wie ein alberner Teenager. Als sie ihm entschuldigend versicherte, dass er wirklich nicht wie ein Jean-François aussehe, hatte er lachend erwidert, er habe nicht gewusst, dass man wie ein Jean-François aussehen könne.

»Und wie sollte ich Ihrer Meinung nach dann heißen?«

Nach kurzem Zögern hatte sie »Vincent« gesagt. Ja, ihrer Meinung nach sah er wie ein Vincent aus.

Laut lachend gestand er, dass Vincent als zweiter Vorname in seinem Pass eingetragen war.

»Mathilde steht ihnen ausgezeichnet«, fügte er mit einem Blick auf das Namensschild noch hinzu, bevor er, gedrängt durch das Hupkonzert hinter ihm, Gas gab.

Seither lebte Mathilde nur noch für diese kurze

Begegnung, die jeden Tag ihr Dasein versüßte. Wenn der Zeitpunkt nahte, da der gelbe Kombi vorbeifahren würde, ertappte sie sich dabei, wie sie in der Schlange Ausschau nach ihm hielt. Und sobald in der Ferne der sonnengelbe Fleck auftauchte, ging der Puls der jungen Frau schneller. Hör auf, dir was vorzumachen, Schätzchen, schalt sie sich immer, du hast zu viele Schundromane gelesen. Doch dann hatte er ihr vor zwei Tagen mit dem Geldschein einen kleinen Brief zugeschoben. Eine Einladung zum Essen am Freitagabend, wenn es ihr passe. Und wie es ihr passte. Freitag oder auch an jedem anderen Tag, wann immer er wollte, nachts, tagsüber, das ganze Leben passte es ihr. Ohne Zögern hatte sie leise geantwortet, dass sie seine Einladung gerne annehme, und mit feuerroten Wangen die Schranke geöffnet.

So, Schätzchen, jetzt ist die Stunde der Wahrheit gekommen, dachte Mathilde, während sie ein letztes Mal ihr Make-up im Rückspiegel überprüfte. Im Laufe ihrer Rehabilitation hatte sie alle Bewegungsabläufe neu lernen müssen. Diese waren, wenn auch zunächst zögerlich, bald wiedergekommen. Die Augen mit Mascara betonen, den Lidschatten mit der Spitze des Zeigefingers verteilen, die Lippen aneinanderreiben, um das Rot gleichmäßig zu verteilen. Sich schminken ist Teil der Therapie, hatten sie ihr in der Rehaklinik stets vorgebetet. Sich mit dem neuen Aussehen anfreunden, sich seinen Körper wieder aneignen. Die Therapeuten hatten lauter solche Ausdrücke parat.

Nachdem sie die Autotür aufgeschoben hatte, griff Mathilde in einer Verrenkung hinter den Sitz, um den Rollstuhl herauszuholen. Nach monatelangem Training kam ihr dieser Vorgang fast normal vor. Ausklappen, Sitz runterdrücken, verriegeln, ein geordneter Ablauf, der sich mehrmals am Tag, unter einem metallischen Klappern, das sie über alles verabscheute, wiederholte. Ächzend umklammerte sie den Haltegriff über der Tür und kippte ihren Körper aus dem Wagen, während sie sich mit der anderen Hand auf die Armlehne des Rollstuhls stützte.

Der Regen war schwächer geworden. Mathilde stellte sich die Handtasche auf den Schoß, atmete tief ein und steuerte das Restaurant an.

Hinter ihr zeichneten die Räder des Rollstuhls zwei Kielspuren in den nass glänzenden Asphalt.

Der Raum war in kunstvoll gedämpftes Licht getaucht, halblautes Stimmengewirr verwob sich mit sanfter Hintergrundmusik aus den Lautsprechern.

Jean-François saß gleich am ersten Tisch rechts vom Eingang. Ein Jean-François, dessen Mund beim Anblick des Rollstuhls und der verkümmerten Gliedmaßen, zu denen die Beine der jungen Frau geworden waren, zu einem überraschten O erstarrt war.

Seine Fassungslosigkeit würde bald der Abscheu und Ablehnung weichen, daran zweifelte Mathilde keinen Augenblick. Sie hätte kein Rad über diese Schwelle setzen sollen. Sie ärgerte sich über sich selbst. Wollte der Welt ins Gesicht brüllen, dass sie nichts dafürkönne, dass die Miss Körperbehindert, zu der sie nun mal geworden war, ihre Wünsche für Realität gehalten hatte. Dass das alles sei, was ihr noch bleibe, ihre Träume, und das es ihr leidtue, Jean-François, wirklich leid, dass sie ihn hinters Licht geführt habe, dass sie jedoch ihr Glück habe versuchen wollen. *Voilà.*

Aber Mathilde sagte nichts von alledem. Als der junge Mann in Lachen ausbrach, senkte sie den Kopf, blockierte das rechte Rad und schob das linke an, um eine scharfe Kehrtwendung zu machen. Mit Tränen in die Augen und zugeschnürter Kehle rollte sie durch die Tür und in Richtung ihres Autos, wobei ihre Hände die Stahlbögen mit Hochgeschwindigkeit rotieren ließen, ungeachtet des Regens, der nun wieder in Strömen fiel.

»Warten Sie, Mathilde! Meine Güte, warten Sie doch!«

Am Ende des Parkplatzes hielt sie atemlos inne. Das Herz schlug ihr bis zum Hals. Die Reifen quietschten unangenehm in ihren Ohren, als sie herumschwang.

Jean-François stürmte mit aller Kraft heran.

Jean-François, der mit dem schönen Lächeln, das sie so gernhatte, auf sie zukam, während die Räder seines Rollstuhls die Pfützen zerschnitten und herrliche Fontänen in die Luft spritzten.

IN NOMINE ...

Das kleine Gitterfenster dämpfte den geflüsterten Redeschwall, der zu Pater Duchaussoy herüberschwappte, kaum. Seit fast zehn Minuten redete Yvonne Pinchard nun schon ohne Punkt und Komma auf ihn ein. Der weinerliche Tonfall der guten Frau offenbarte ihre tiefe Reue. Hin und wieder murmelte der Pfarrer ein ermunterndes »Hm, ja«. Jahrzehnte im Amt hatten ihn zu einem wahren Meister der Kunst gemacht, seine Schäfchen ohne viele Worte zum Weitersprechen zu bewegen: Er musste nur ganz vorsichtig in die Glut pusten, schon flammten die Sünden neu auf, und danach durfte er sie auf keinen Fall durch irgendeine teilnahmsvolle Bemerkung, eine Nachfrage oder auch nur den Ansatz einer vorschnellen Vergebung in ihrem Eifer bremsen. Nein, erst mussten sie alles loswerden, darin lag der Schlüssel zu ihrem Seelenheil. Er musste ihrem Monolog lauschen, bis sie am Ende, berauscht vom eigenen Wortschwall, unter ihrer Gewissenslast zusammenbrachen und ergeben auf seine Lossprechung warteten. Die Absolution zu erteilen war danach das reinste Kinderspiel – und nicht mühevoller als das Pflücken einer reifen Frucht! Erfreut zog Pater Duchaussoy das winzige Heft hervor, das er in der Tasche seiner Soutane stets bei sich trug, und notierte mit akkurater Schrift seinen neuesten Gedanken: »Die Absolution ist für den Sünder, was für den Rebstock die Weinlese ist.« Der Pfarrer liebte es nämlich, Analogien und Metaphern zu sammeln, die er dann nur zu gerne in seinen Predigten benutzte.

Bei Yvonne Pinchard war es leider immer noch nicht so weit. Obwohl die Worte nur so aus ihr heraussprudelten, benötigte sie für ihr Sündenbekenntnis noch mindestens fünf Minuten. Das linke Ohr an die dünne Trennwand gelehnt, unterdrückte Pater Duchaussoy zum wiederholten Male ein Gähnen, während sein Magen ein Gluckern von sich gab, das Madame Pinchard als Ermutigung auffasste, mit der Beichte ihrer Sünden fortzufahren.

Kurz bereute es der alte Pfarrer, zu viel gegessen zu haben. In seinen ersten Priesterjahren aß er vor der Beichtstunde nur wenig zu Abend, meist nur eine Suppe und danach einen Apfel. Er tat dies in weiser Voraussicht, um seinen Magen nicht unnötig zu belasten und noch Platz für das Kommende zu lassen, denn er hatte am eigenen Leib verspürt, dass man nicht umsonst von »Sündenlast« sprach und zwei Stunden Beichte einem den Bauch ebenso vollstopften wie ein üppiges Festmahl zur Feier der heiligen Erstkommunion. Sobald er zusammen mit Gott im Beichtstuhl eingesperrt war, wurde er nämlich zu einem Siphon, einem Siphon, in dem sich aller erdenkliche Dreck sammelte. Seine Beichtkinder knieten nieder und hielten ihm ihre schwarzen Seelen unter die Nase, so wie sie ihre schlammverkrusteten Schuhe unter den Wasserhahn hielten. Einmal ihre Seelen reingewaschen, war die Sache dann für sie erledigt, und sie konnten befreit und beschwingt nach Hause gehen, während er sich schwerfällig in sein Bett schleppte, da ihm speiübel war von all den schmutzigen Sünden, die er wohl oder übel in sich aufgesaugt hatte.

Mit den Jahren waren die unglückseligen Nebenwirkungen, die die Beichtabnahme auf seinen Organismus hatte, allerdings schwächer geworden, sodass es inzwischen immer öfter vorkam, dass Pater Duchaussoy auch vor der Beichte kräftig zulangte. An diesem Abend hatte er so auch dreimal von dem göttlichen Kartoffelgratin genommen, das Yvonne Tourneur, eine seiner treuen ehrenamtlichen Kantorinnen, ihm freundlicherweise ins Pfarrhaus gebracht hatte, als es noch ganz heiß war unter der knusprigen Kruste.

Schon seit einer Ewigkeit betrachtete der Pfarrer die Völlerei nicht mehr als Sünde. Hingegen wäre es in seinen Augen eine wahre Sünde, die guten Dinge zu verschmähen, die der Schöpfer den Menschen auf Erden unter vielen Mühen angedeihen ließ. Und zweifellos gehörte Yvonne Tourneurs Kartoffelgratin zu diesen Dingen, auch wenn er seinen Heißhunger nun mit peinlichen Rülpsern büßen musste.

Ein kräftiges Hüsteln auf der anderen Seite der Trennwand riss den Geistlichen aus seinen Gedanken. Yvonne Pinchard war mit ihrer Sündenlitanei fertig und wartete auf die Absolution. Schwerfällig und mit träger Stimme sprach er sie von ihren Sünden los, wonach sie aufstand und nach einer letzten ächzenden Kniebeuge vor dem Beichtstuhl die Kirche verließ.

Der Pfarrer nutzte die Pause vor dem nächsten Sünder, um kurz aufzustehen und seine steifen Glieder zu recken und zu strecken. Sein ganzer Körper tat ihm weh: Sein wertes Hinterteil schien von einem Ameisennest besetzt zu sein, seine Knie ließen sich nur widerwillig beugen, und der Hosengürtel spannte über seinem ausladenden Bauch. Im Stillen dachte er, dass er in Zukunft besser ein etwas dickeres Kissen mitnahm.

Er schob den Ärmel seiner Soutane hoch und schaute auf die Uhr. Eine Stunde. Eine Stunde saß er nun schon in diesem drei Kubikmeter großen Halbdunkel, eine halbe Ewigkeit. Etwa zehn Sündern hatte er schon die Beichte abgenommen, und wenn seine Rechnung stimmte, blieben ihm noch gut fünfzehn von ihrer Schuld reinzuwaschen, allesamt Gläubige, deren Schwächen er gut kannte, von denen er die meisten getauft und manche verheiratet hatte, die er gesegnet und beglückwünscht, denen er Zuversicht geschenkt, gepredigt und kondoliert hatte. Die naschhafte Isabelle Levasseur gehörte dazu, die sich zwischen zwei Beichten immer mit Petits Fours vollstopfte; der Alkoholiker Raymond Vauthier, der Beichte um Beichte mit üblem Anisatem seine Neigung zur Flasche bekannte; Guy Arbogast, der durch zügellose Onanie sündigte; und auch Madame Raymonde Mangel, die krankhaft eifersüchtig auf ihre Schwägerin war: Für sie alle war Pater Duchaussoy wie einer dieser alten Landärzte, die ihren Patienten immer einmal im Monat ein neues Rezept ausstellten. Die Beichte war eine reine Formsache, nur dass er anstelle von Cholesterin, Diabetes, Herzrasen oder Rheuma Wollust, Geiz, Neid, Hochmut und andere Krankheiten der Seele diagnostizierte und statt mit Pillen mit der Absolution behandelte.

Manchmal überraschte er sich dabei, wie er von einer ungewöhnlichen Beichte träumte: einer Vergewaltigung oder einem ordentlichen Mord zum Beispiel, die ihn aus seiner Abgestumpftheit reißen würden. Mit der Zeit hatte nämlich die Routine überhandgenommen, weshalb Pater Duchaussoy die Beichte inzwischen vollkommen leidenschaftslos hörte. Seine leutselige Miene, die den ihn umschwärmenden Betbrüdern und Betschwestern so gefiel, verschleierte nichts anderes als die stumme Resignation, mit der er seiner Pflicht nachkam. Dabei war die Langeweile sein Feind, denn mit ihr überkam ihn unweigerlich die Schläfrigkeit. Die honigfarbene Holztäfelung um ihn herum, die im Laufe der Jahre immer dunkler geworden war, das durch die Falten des schweren purpurnen Vorhangs bedingte Halbdunkel, der Geruch nach warmem Wachs – all das ließ Körper und Geist zur Ruhe kommen. Er würde einmal mehr gegen den Dämmerschlaf ankämpfen müssen, in den er durch die gemütliche Stimmung im Beichtstuhl so leicht fiel.

In diesem Moment verdeckte ein neuer Sünder das flackernde Kerzenlicht im Kirchenschiff. Das

Brett protestierte knarrend, als sich die zentnerschwere Suzanne Chambon hinter dem Gitter niederkniete und mit ihren inquisitorischen, wie Achatkugeln glänzenden Augen versuchte, den Pfarrer durch die Holzlamellen auszumachen. Madame Chambon, die ihn anhimmelte, ließ keine Gelegenheit für eine Zwiesprache aus, und um dieses Vergnügen in die Länge zu ziehen, würde die Betschwester gut fünfzehn Minuten lang fieberhaft ihr Gewissen erforschen und dabei keine einzige der sieben Todsünden außer Acht lassen.

Während Pater Duchaussoy mit Leidensmiene auf seinen harten Sitz zurücksank, wanderte seine Hand durch den Eingriff der Soutane in seine Hosentasche, wo sich das Mittel gegen seine Langeweile verbarg. Mit geschlossenen Augen streichelte er mit den Fingerspitzen darüber. Start, Level, Select, Turn, Sound ... Wie einfach wäre es, es hervorzuholen, während die Sünderin ihren Monolog anstimmte, den er schon längst auswendig kannte ...

Doch gerade als er zur Tat schreiten wollte, hörte er die Stimme:

Nicht hier!

Der alte Pfarrer zuckte zusammen. Es war lange her, dass die Stimme seines Gewissens so laut und klar in seinem Schädel erklungen war. Die Zeit, als sie noch permanent wegen nichts und wieder nichts entrüstet in sein Ohr kläffte, lag weit zurück, und in den letzten Jahren hatte sie die meiste Zeit auf der Fußmatte seiner Vernunft geschlummert wie ein alter Hund, der in der Sonne faulenzte und nur noch leicht knurrte, wenn ihm irgendwas missfiel. Und da der Pater sie nicht gänzlich zum Schweigen bringen konnte, hatte er gelernt, sie zu ignorieren.

Mit dem, was in seiner Tasche versteckt war, hatte er sie nun aber scheinbar so in Alarmbereitschaft versetzt, dass sie sich gar nicht mehr beruhigen wollte.

Mach dir nichts vor. Du hast ihn doch nicht in den Beichtstuhl mitgenommen, um ihn unter deiner Soutane zu befummeln.

Im Stillen setzte der alte Pfarrer dagegen, dass er, während die Kirchenglocke acht Uhr zu schlagen begann, das Ding spontan eingesteckt hatte, ganz mechanisch, so wie man sich mit einem Schirm für den angekündigten Regen wappnete. Kurzum, nur für den Fall der Fälle.

Für welchen Fall, Philibert?

Pater Duchaussoy seufzte. Wenn sein Gewissen ihn mit Vornamen ansprach, gab es kein Entrinnen: Es würde nicht aufhören, in seinen Gedanken zu wühlen, bis es eine ehrliche Antwort bekam.

Für den Fall, dass ich mich langweile, erwiderte er mürrisch. *Voilà*, es war heraus!

Sein Gewissen blieb vor Verblüffung stumm – was er nutzte, um der Stimme die Tür vor der Nase zuzuschlagen. Und während Suzanne Chambon sich nach Hochmut und Zorn nun ganz der Wollust widmete, zog der alte Pfarrer das Objekt seiner Begierde hervor.

Das Gerät von der Größe eines Taschenrechners schmiegte sich angenehm in seine Hand. Vor zwei Monaten hatte es die Putzfrau im Katechesesaal gefunden und ins Pfarrhaus gebracht, und bisher war noch niemand gekommen, um den Gameboy zurückzuverlangen.

Eines Abends, als es ihm an Metaphern für die Predigt am nächsten Tag fehlte und auch sonst die Eingebung ausblieb, hatte Pater Duchaussoy nach dem Gerät gegriffen, das neben dem Becher mit den Bleistiften lag, und gedankenverloren den Einschaltknopf gedrückt. Augenblicklich waren auf dem Bildschirm winzige geometrische Figuren aufgetaucht, die unaufhaltsam zum unteren Rand trieben, wo sie sich wirr aufeinanderstapelten. Als der bunte Haufen die virtuelle Decke erreicht hatte, piepte das Gerät unzufrieden, und auf dem Bildschirm blinkte in roten Lettern »Game over« auf.

Mit ungläubigem Staunen hatte der Pfarrer daraufhin ein zweites Mal auf den Startknopf gedrückt und einen weiteren bunten Regen ausgelöst. Fast eine halbe Stunde lang spielte sich dann immer wieder das Gleiche ab: Nach jedem Piepton am Ende des Spiels startete er das Gerät neu und schaute mit wachsender Faszination zu, wie die geometrischen Spielsteine, Opfer künstlicher Schwerkraft, nach unten fielen, Spielsteine, von denen er sieben zählte, wie die sieben Todsünden. Es gab den Stab, das Quadrat und vier in Buchstabenform: das J, das S, zwei verschiedene Z und das T. Jedem war eine bestimmte Farbe zugeordnet.

Auch die verschiedenen Befehlstasten unter dem Bildschirm hatte der Pfarrer in Augenschein genommen, wobei ihn das schwarze Plastikkreuz besonders beschäftigte. Die halbe Nacht hatte er danach zu verstehen versucht, wie dieses Teufelsding funktionierte, und war beim Drücken immer mutiger geworden. Hingerissen entdeckte er dabei, dass er mit einem Knopf die Figuren zur Seite verschieben und mit einem anderen ihren Fall beschleunigen konnte und ein dritter die Teile um sich selbst drehen ließ.

Nach nur wenigen Stunden Schlaf war er morgens in die Stadtbibliothek geeilt, wo er sich schüchtern an die jüngste Bibliothekarin wandte, um ihr mit einem verlegenen Räuspern sein Begehr zu beschreiben. Mit nur wenigen Mausklicks fand die junge Frau, was ihm zu seinem Glück noch fehlte: ›Tetris – Die Geschichte des legendären Spieleklassikers‹ im Regal »Spiel und Hobby«.

Auf den hundertsechsundneunzig Seiten fand Pater Duchaussoy alles von der Gebrauchsanweisung über die größten jemals verzeichneten Rekorde bis hin zu den verschiedenen Versionen, die seit Erfindung des Spiels produziert worden waren, und nachdem er das Werk verschlungen hatte, vervollständigte er noch am selben Tag seine erste horizontale Zeile, die der Gameboy mit einem zufriedenen »Blubb« verschluckte.

Seither holte der Pfarrer jeden Abend mit derselben unbändigen Freude das Gerät aus seiner Nachttischschublade, und wenn die Wege des Herrn auch unergründlich waren, die des Spiels waren es nun nicht mehr für ihn. Im Laufe der Zeit hatte er gelernt, den Fall der geometrischen Tetrominos mit der Geschicklichkeit eines Teenagers zu steuern. Viele Stunden verbrachte er damit, auf das Display zu starren, die Blöcke zusammenzusetzen, immer und immer wieder, und das unersättliche Gerät so mit einer Reihe nach der anderen zu füttern, um das schicksalhafte »Game over« hinauszuzögern. Er spielte als Erzengel Michael, der den Drachen tötete; er war Johanna von Orléans, die die Engländer aus Frankreich vertrieb; er war Moses, der das Rote Meer teilte: Mehrere Male hatte der Gameboy dem virtuosen Diener Gottes inzwischen die Ehre erwiesen, sein Ergebnis unter den besten aufzuführen, die auf dem Apparat gespeichert waren.

Wie zu erwarten, fand Suzanne Chambon kein Ende beim Enthüllen ihrer unreinen Gedanken und säuselte ihm weiterhin lang und breit ihr intimes Gefinger und ihre heißen Orgasmen ins Ohr. Kurz piepste der Gameboy, als der Pfarrer seinen Zeigefinger auf den Startknopf presste, und einen kurzen Augenblick war sich der Diener der Kirche fast sicher, dass der Allerhöchste sich über seine Schulter beugte, so neugierig war er auf das merkwürdige Spiel.

Pater Duchaussoy stellte das Gerät auf stumm. Während die ersten Blöcke seinen fiebrigen Blick auf sich zogen, rückte die Stimme von Suzanne Chambon, der Beichtstuhl, selbst die ganze Kirche in weite Ferne. Es gab nur noch die bunten Tetrominos, die auf dem Display geräuschlos nach unten fielen. Duchaussoys Daumen setzten sich in Bewegung, klickten behände die Knöpfe, sodass die Bausteine von rechts nach links trieben und durch die Luft wirbelten, bevor sie sich an der gewünschten Stelle am unteren Bildschirmrand einfügten.

Zufrieden verzogen sich die Lippen des alten Pfarrers zu einem breiten Lächeln, als die Konsole die erste volle Reihe verschlang und dem Spielstand fünfzig Punkte hinzufügte.

NEBEL

Zwölf Jahre.

Zwölf Jahre bin ich nun schon hier.

Wegen Maria, meiner Ältesten.

Oh nein, es passierte nicht von heute auf morgen, auf ein einfaches Fingerschnippen hin. Ich habe mich dagegen gewehrt, habe gekämpft. Und eine ganze Weile konnte ich es auch noch hinauszögern, trotz der sich stetig vermehrenden Argumente meiner Ältesten.

Auf Elisabeth, meine Jüngste, konnte ich bei dem Thema leider nicht zählen. Bei schwierigen Entscheidungen legte sie stets eine passive Neutralität an den Tag und erteilte ihrer großen Schwester somit unbeschränkte

Vollmacht, die sich auch nie lange bitten ließ, das Zepter in die Hand zu nehmen.

Wie gesagt, ich habe mich lange Zeit gesträubt, mich auf die Hinterbeine gestellt wie ein störrischer Esel, um Marias ständige Angriffe abzuwehren.

»Das wäre so viel einfacher für uns alle«, erklärte sie. »Du wärst nur dreißig Autominuten von uns entfernt. Wir könnten dich jede Woche besuchen. Und ich wäre viel ruhiger, wenn ich dich in guten Händen wüsste.«

Ich konnte noch so oft dagegenhalten, dass ich von Kindesbeinen an am Meer gelebt hatte und der Stadtrand von Châteauroux darum nicht gerade der Ort war, den ich mir für meinen Lebensabend erträumt hatte – sie ließ einfach nicht locker.

Es ist nur ein schwacher Trost, dass es letzten Endes dann doch nicht Maria war, die mich zum Nachgeben bewegte. Nein, es war dieser verdammte Oberschenkelknochen, der bei meinem Sturz in der Küche wie ein morscher Ast einfach auseinanderbrach.

Meine Haushaltshilfe Rose fand mich vor dem Spülbecken. Seit dem Vorabend hatte ich da gelegen, unfähig aufzustehen. Das kochte mich schließlich weich. Und die sechs Wochen Rekonvaleszenz, die ich bei Maria verbringen musste, brachen dann noch das letzte bisschen Widerstand.

Glyzinienhof! Schon als Maria den Namen das erste Mal erwähnte, bekam ich Gänsehaut. In Frankreich gibt es, glaube ich, ebenso viele Altersheime mit dem Namen »Glyzinienhof« wie Hotels, die die absurde Bezeichnung »Zum weißen Ross« tragen. Und um dem Ganzen noch die Krone aufzusetzen, findet man dann nicht einmal eine einzige Glyzinienranke, weder im Park noch an den Außenmauern der Gebäude, so wie eben auch keine weißen Rösser im Stall der nach ihnen benannten Hotels stehen.

Bis heute sind diese Benennungen ein Rätsel für mich. Rätsel, für die niemand eine Lösung zu haben scheint. Aber hier scheren sich ja eh alle einen feuchten Kehricht um das Warum. Zwei unerbittliche Feldwebel von Oberschwestern geben einem hier nämlich schnell zu verstehen, dass uns Alten kein »Warum?« mehr zusteht. Die eine tagsüber, die andere nachts, sorgen die beiden rigoros für strenge Ordnung und die Einhaltung ihrer Regeln. Und sie dulden keine Nachlässigkeit!

Die Sonne des Südens fehlt mir. Ihre Wärme ebenso wie ihr Licht. Sie scheint für immer verschwunden zu sein unter diesem verdammten Nebel, der wer weiß woher kommt und sich immerzu über alles und jeden legt.

Auch an diesem Sonntagmorgen verschlucken wieder gewaltige Nebelschwaden Park, Bäume und das gewaltige schmiedeeiserne Eingangstor, sodass man sich wie in einer Waschküche fühlt. Im November scheint das hier normal zu sein.

Und er ist heimtückisch, dieser Nebel. So heimtückisch wie das Alter: Meist kommt es über Nacht, lautlos schleicht es sich an, dringt bis in die hintersten Winkel unseres Seins, lässt die Gedanken träge werden, löscht Erinnerungen aus, ohne dass man sich dessen bewusst wird, und am Morgen ist es dann da, und lässt einen fortan nicht mehr los.

Wie gewöhnlich komme ich als Letzter in den Speisesaal. Nicht, weil ich langsamer bin als die anderen, hier gibt es viele, denen der Rollator das Tempo vorgibt, und auch nicht, weil ich weniger Appetit habe, nein, diese Eigentümlichkeit habe ich mir einfach nur aus meiner Zeit als *puntillero* bewahrt. Auch beim Stierkampf betrat ich als Gehilfe des Matadors immer als Letzter die Arena. Mein Job war es, am Ende aufzutauchen, wenn alles andere bereits erledigt war, oder zumindest fast, um zu beenden, was beendet werden musste.

Ich setze mich an meinen Platz. Gisèle Levasseur, die sich um den Frühstücksservice kümmert, fragt mich, ob ich Tee oder Kaffee haben möchte. Seit zwölf Jahren trinke ich nun schon an jedem gottgegebenen Morgen Kaffee mit einem kleinen Schuss Milch, und jeden Morgen fragt mich die gute Frau, ob ich denn nun Tee oder Kaffee möchte.

»Kaffee, bitte, mit einem kleinen Schuss Milch, danke, Mademoiselle Levasseur.«

Meine Tischnachbarin rechts neben mir jammert mal wieder herum. Das Brot sei zu hart, die Butter zu weich, die Marmelade zu süß. Am liebsten würde ich ihr sagen, was für ein Jammerlappen sie ist, schlucke meinen Ärger dann aber mit den drei Tabletten runter, die ich immer morgens mit einem Glas Wasser nehmen muss, um den nächsten Sonnenaufgang noch zu erleben – wenn sich die Sonne denn mal dazu herablässt, tatsächlich durch den ewigen Nebel zu dringen. Eine rosafarbene Tablette gegen den hohen Blutdruck, eine weiße für die Schilddrüse und eine hellblaue für was weiß ich welches Gebrechen, welches das Alter erfunden hat, um mir das Leben hier noch ein bisschen mehr zu versüßen. Manche hier haben sogar Anrecht auf einen ganzen Regenbogen und verbringen mehr Zeit damit, den bunten Haufen Tabletten zu sich zu nehmen als die Scheibe Brot mit dem blässlichen Null-Prozent-Fett-Aufstrich, der versucht, als echte Butter durchzugehen. Hier hat nämlich alles null Prozent. Sie wollen, dass wir gesund sterben.

Gestern Nacht ist wieder jemand »von uns gegangen«. Sie müssen wissen, im Glyzinienhof wird das

Wort »Todesfall« sorgfältig vermieden. Mit erstaunlicher Beharrlichkeit wagt man es hier nicht, Gevatter Tod beim Namen zu nennen – und das hier, wo er sich fast wie zu Hause fühlt und man ihm jeden Augenblick begegnen kann. Lieber weicht man ihm hier aus, katzbuckelt vor ihm und kleidet ihn in Worte wie »von uns gegangen«.

Ich würde Ihnen jetzt gern sagen, dass die Stimmung im Speisesaal an diesem Morgen voller Mitgefühl ist. Aber nichts dergleichen. Die Saug- und Kaugeräusche meiner Leidensgenossen sind nur wenig diskreter als gewöhnlich, ihre Münder vielleicht ein bisschen weniger gierig, die Seitenblicke etwas verhuschter, das Klappern des Bestecks ein Hauch leiser. Das einzige, wirklich wahrnehmbare Zeichen ist der freie Platz, der alle Blicke auf sich zieht: Der leere Stuhl von Marcel Garnier, eine unangenehme Leerstelle mitten im Saal.

Man hat ihn am frühen Morgen friedlich in seinem Bett gefunden, sein Ableben ist aber für niemanden eine Überraschung. »Er hat einen Infarkt erlitten«, hat uns Madame Vergelet, die Direktorin des Etablissements, eben verkündet, worauf ich schnell die Serviette vor den Mund gehalten habe, um nicht laut loszuprusten. Ein gerissenes Aneurysma, Herzversagen, Lungenembolie, was auch immer die Todesursache ist, am Ende nennt man es hier stets »Infarkt«. Sie haben nie einen besseren Ausdruck gefunden, um zu erklären, dass einer von uns Gevatter Tod im *tercer tercio*, dem dritten, letzten Akt des Kampfes, unterlegen ist. Ich bin hier bestimmt der Einzige, der jemals bei einer *estocada* dabei gewesen ist. Denn genau darum geht es beim Treffen mit Gevatter Tod: um einen formvollendeten Todesstoß. Und bei der Horde Alter, die im Glyzinienhof umherspaziert, hat der Schnitter auch nie große Schwierigkeiten, jemanden dafür zu finden.

Marcel Garnier zum Beispiel war schon seit geraumer Zeit mit vier *banderillas* markiert. Bei seinem galoppierenden Cholesterinspiegel, seiner Diabetes und seinen verkalkten Arterien gehörte er zu den zig Todgeweihten, die im Glyzinienhof langsam vor sich hin sterben, und das so leise und unauffällig wie Geister oder wie Zugpassagiere, die seit Tagen am Gleis stehen und auf die verdammte Abfahrt warten, die einfach nicht stattfinden will. Den Großteil des Vormittags verbringen sie damit, auf die Suppe zu warten, und verlassen ihr Zimmer nur, um sich im Speisesaal den Magen zu füllen, bevor sie, in Erwartung der nächsten Mahlzeit, wieder in ihren Sessel zurücksinken, den Rücken gebeugt von Arthrose und ihrem hohen Alter. Auch Marcel Garnier wartete den lieben langen Tag geduldig, den Blick auf den Wecker auf seinem Nachttisch gerichtet, während er mit der flachen Hand die Serviette auf seinen Knien glattstrich.

Neidvoll betrachte ich seinen leeren Stuhl.

Sonntag ist Besuchstag. Den Nachmittag verbringe ich mit ein paar anderen auf der Bank gegenüber des Eingangs und schaue zu, wie sich das Leben draußen die Nase an der Glastür plattdrückt. Ich kann hier stundenlang sitzen und vor mich hin dösen, während die Angehörigen in kleinen lautstarken Trauben hereinströmen.

Wie jeden Sonntag habe ich zuerst auf Maria gewartet, bis mich mein bisweilen schon etwas vernebeltes Gehirn daran erinnert hat, dass sie im letzten Jahr »von uns gegangen ist«, dahingerafft von einem verfluchten Tumor, der ihr innerhalb von drei Monaten das Leben aus dem Körper gesaugt hat. Man sollte seine eigenen Kinder nicht beerdigen müssen. Der Vater ist immer vor der Tochter dran, das ist doch so logisch, wie zwei mal zwei vier ist!

Hin und wieder kommt Elisabeth mich noch besuchen. Wenn auch nur selten, Nîmes liegt zu weit weg von Châteauroux. Dafür ruft sie aber jeden Sonntag nach dem Abendessen an. Nur leider höre ich inzwischen schlecht. Sogar die Stimme meiner jüngsten Tochter, die ich in der Vergangenheit unter tausenden erkannt hätte, sogar diese Stimme gleicht immer mehr einem unverständlichen Brei. Also tue ich so, als ob ich alles verstünde, murmele »Ja« und »Nein« und »Ach so«, um interessiert zu klingen, und am Ende sagen wir »Auf Wiederhören, bis nächste Woche«, und »Mach's gut, Papa, ich umarme dich«.

Ich mag die Sonntage nicht. Es ist, als würde man zur Ordnung gerufen, als erinnerte man uns Alte daran, dass das echte Leben nicht innerhalb dieser Mauern stattfindet, sondern draußen, für uns unerreichbar, in diesem dichten Nebel.

Gerade eben hat ein Leichenwagen Marcel Garniers sterbliche Überreste abgeholt. Unwillkürlich kam in meinem Kopf die Erinnerung an den *arrastre* wieder hoch. Was waren das noch für Zeiten, als wir den toten Stier aus der Arena zogen …

In letzter Zeit habe ich sowieso immer öfter das Gefühl, dass der Schnitter mich noch nicht mitnehmen will, dass er seinen alten *Puntillero* hier unten noch braucht, um seine meisterliche *faena* zu vollenden.

Ja, mein Platz ist nun hier. So wie damals in der Arena vor fast siebzig Jahren. Denn auch im Glyzinienhof zieht sich das Ende manchmal trotz eines gezielten Degenstoßes ungebührlich in die Länge.

Und darum muss ich mich manchmal mitten in der Nacht aus dem Bett wälzen und für eine Weile meine schmerzenden alten Knochen vergessen. Mit klopfendem Herzen schleiche ich durch die halbdunklen Gänge, gehe ein Zimmer nach dem anderen ab, auf der Suche nach der richtigen Tür, und hoffe dabei inständig, dass ich dem Feldwebel von Oberschwester nicht über den Weg laufe. Drinnen trete ich leise ans Bett, und dann, so wie ich es in der Vergangenheit im sandigen Rund getan habe, durchtrenne ich den letzten, hauchdünnen Lebensfaden, der einfach nicht von alleine reißen will.

Merkwürdigerweise fühle ich mich in dem Moment, da meine Hand den Faden durchtrennt, so lebendig wie nie. Auch der letzte Atemzug von Monsieur Garnier war leicht einzufangen gewesen. Wie bei allen anderen hat das aufs Gesicht gedrückte Kissen das bisschen Leben in seinen Lungen mühelos ausgelöscht.

Wenn alles vorbei ist, betrachte ich sie immer ein letztes Mal, wie damals auch meine Stiere, und obwohl ich nie Licht mache, glaube ich, manchmal Spuren der Erleichterung in ihren erloschenen Augen zu sehen.

Morgen habe ich Geburtstag. Ich werde hundertzwei.

Und morgen werde ich Tee nehmen, nur damit Gisèle Levasseur vor Überraschung der Mund offen steht.

Der Sternengarten

Die Stirn an die Fensterscheibe gelehnt, schaut der Junge konzentriert aus dem dunklen Zimmer hinaus in die Nacht. Jeder seiner Atemzüge wirft ein opakes Oval auf das Glas.

Die Plüschtiere, wie Zinnsoldaten auf dem Regalbrett über dem Bett aufgereiht, fixieren seinen Rücken mit ihren gläsernen Augen. Auf dem Schreibtisch liegt in einem Durcheinander aus Büchern und Buntstiften eine zerschnittene Zeitungsseite.

Ein Foto fehlt. Nein, nicht ein Foto: *das* Foto, der untrügliche Beweis. Kurz zuvor haben die kleinen Hände das Bild eifrig ausgeschnitten. Sorgfältig zusammengefaltet steckt es nun in der Brusttasche des Schlafanzuges, direkt über seinem Herzen.

Es ist inzwischen zwei Wochen her, dass sein Vater weg ist. Wie jeden Tag hatte er sich auf sein blaues Fahrrad gesetzt, um zur Arbeit zu fahren. Ein letztes Lächeln, ein Augenzwinkern zum Abschied vom Vater zum Sohn. Das Fahrrad steht jetzt hinter dem Haus, an den Holzstapel gelehnt. Jemand hat es dort mitten in die Brennnesseln gestellt, und seitdem hat es niemand mehr hervorgeholt. Der Junge lässt keine Gelegenheit aus, es zu betrachten. Er kann dort lange Zeit stehen und es ungläubig in Augenschein nehmen, dieses kaputte Teil mit seinem zerbrochenen Lenker, dem in der Mitte verbogenen Rahmen, den verzogenen Rädern und den abgerissenen Bremskabeln, die wie zwei leblose Fühler in der Luft hängen. Manchmal streicht er scheu mit den Fingerspitzen über das kalte Metall, wie um sich zu vergewissern, dass von dem blauen Fahrrad nur noch dieses unter den Füßen eines Riesen zerquetschte Gestell übriggeblieben ist.

Nachdem der Vater gegangen war, fiel tagelang eine Wolke dunkel gekleideter Gestalten über das Haus her. Mit Geraune, Geschniefe und Gejammer schwirrten sie um seine Mutter herum, während die brütende Hitze des

Jahres 1969 nach und nach aus den Mauern ihres Hauses wich und die Bilder eines Sommers mit sich nahm, der bis dahin in einem Geplätscher kleiner Glücksmomente dahingeflossen war: ein von Erdbeersaft triefendes Kinn, Schwimmen im dunklen Wasser des Sees, Blaubeeren pflücken, Ballspiele mit Geschrei und Lachen im Zeltlager mit Freunden, kurzum, Tage voller Unbekümmertheit und der kindlichen Gewissheit, dass der September mit dem Geruch von Kreide, Radiergummis und neuen Kleidern noch in weiter Ferne lag, genauso wie der Regen, die Kälte und das verhasste Erbsen-Möhren-Gemüse.

Und auf einmal war die Welt eine völlig andere. Die brütende Hitze draußen wirkte gänzlich unangebracht. Schwarz und Weiß herrschten nun überall und ebenso die Stille, die von Zeit zu Zeit von einem unterdrückten Schluchzer oder einem Stöhnen hinter vorgehaltener Hand durchbrochen wurde. Der Junge ließ sich von einem Zimmer ins andere treiben, streifte durch den Wald aus Beinen – und verstand nichts. Sobald er auftauchte, verstummten die Gespräche, und wenn die Blicke sich nicht peinlich berührt und mit tiefem Ernst auf ihn legten, wichen sie ihm aus. Manchmal griffen Arme nach ihm und hoben ihn hoch. Man drückte ihn bis zum Ersticken, bedeckte ihn mit feuchten Küssen, streichelte ihm übers Gesicht und setzte ihn nach einem letzten Kuss auf die

Stirn wieder ab. Zwischen zwei Umarmungen wurde ihm dann irgendwann das Geheimnis enthüllt. Ein Flüstern in seine Ohrmuschel, bevor es sich tief in sein Bewusstsein bohrte: »Dein Papa ist nun im Himmel.«

In der großen kühlen Kirche bewunderte das Kind die in grauen Stein gefassten Fenster, deren buntes Glas von Sonnenlicht erfüllt war, während sich aus den Orgelpfeifen ein Schwall von Tönen auf die reglose Gesellschaft ergoss. Die roten und goldenen Stoffbehänge, die wertvollen silbernen Messkelche und fein ziselierten Kandelaber warfen unzählige funkelnde Lichtreflexe zurück. Das Weihrauchfass klirrte am Ende der Kette, während der Priester den Sarg in Nebel hüllte. Nachdem das letzte Amen im Kirchenschiff verklungen war, formte sich die Menge zu einer langen Reihe, um dem Verstorbenen die letzte Ehre zu erweisen.

Verständnislos beobachtete der Junge, wie dieser schwarz gekleidete Tausendfüßler sich unter dem Knirschen der frisch gewichsten Schuhe über die Sandsteinplatten nach draußen schlängelte. Der Geruch des Weihrauchs machte ihn angenehm benommen. Der Duft von Eau de Toilette, schwer und süß, mischte sich darunter. Verzückt beobachtete er die kleinen Tropfen, die aus dem

Weihwasserwedel stoben und auf dem lackierten Holz des Sarges zerplatzten, während er, die Füße in blanke Stiefel gezwängt, an der Seite seiner Mutter zum Ausgang trottete. Das Kirchenportal entließ sie mit der Menge in die sengende Hitze. Auf dem Friedhof sah er dann zu, wie die Kiste in der dunklen Grube verschwand. Und während ringsum die Plastikblumen auf den Gräbern der sommerlichen Schwüle trotzten, schlugen die ersten Schippen Erde auf den Sarg, mit einem dumpfen Knall, so als ob eine Tür nach der anderen zufiele.

Erst danach, in der Stille der heimischen Wände, wurde sich der Junge wirklich der Abwesenheit seines Vaters bewusst. Auf der Wachstuchdecke wurde zum Abendessen nur noch für zwei gedeckt. Die Klinge des väterlichen Klappmessers schnellte nicht mehr aus dem hölzernen Griff, die Kaffeemaschine blieb stumm, und der Wein vergor in der Karaffe hinten im Schrank.

Und dann war da der leere Stuhl. Der Stuhl, der nicht mehr unter der Last des Mannes ächzte und der wie ein unerträglicher Riss war, durch den ihr bisheriges Leben entwich. Vergangen die schwieligen Hände, die dem Jungen über den Hals strichen, bis angenehme Schauer ihn erfassten und er sich vor Lachen bog. Verschwunden die Knie, auf denen er so gern schaukelte. Verflogen die Gerüche nach Sägewerk, die aus seiner Arbeitskluft stiegen, die Schwaden von salzigem Schweiß, vermischt mit dem betörenden Duft von Tannenholzspänen. In Luft aufgelöst die fünfzehn Minuten lauten Schnarchens, die ihn und seine Mutter während des Mittagsschläfchens einlullten. Vor allem aber vermisste der Junge die Spaziergänge, auf denen er seinem Vater in die Tiefen des Waldes folgte und mit gespitzten Ohren der rauen Stimme lauschte, die unablässig die wundervollen Namen der umstehenden Bäume herunterbetete: Buche, Birke, Esche, Fichte, Eiche, Eberesche ... Wie sehr liebte der Junge es, bei diesen Ausflügen seine kleinen Füße in die riesigen Spuren seines Vaters zu setzen, der breite lederne Schnürstiefel trug, die ihn außer sonntags immer begleiteten und deren dicke Gummisohlen in der lockeren Erde Vertiefungen und Erhebungen hinterließen, die das Kind fröhlich zerstampfte.

Als sein Blick an diesem Morgen auf die Zeitung fiel, machte sein Herz darum auch einen Satz. Er schnappte sich das Tagblatt, das, seit sein Vater nicht mehr darin blätterte, nur noch zum Feuermachen diente, starrte ungläubig auf das Foto auf der Titelseite und stürzte dann zum Schuhschrank in der Diele. Fieberhaft öffnete der kleine Junge die Schiebetür. Der Duft von Leder und Schuhwichse stieg ihm in die Nase. Und tatsächlich: Im Fach seines Vaters, zwischen den noch ganz verdreckten Gummistiefeln und den alten, ausgefransten Pantoffeln, war eine Lücke. Genau dort, wo die braunen Schnürstiefel hätten stehen müssen.

Wie bereits unzählige Male, seit er das warme Bett verlassen hat, fischt der Junge wieder das Foto aus der Pyjamatasche. Aus dem benachbarten Zimmer dringt das tiefe Atmen seiner Mutter zu ihm, die, eingeigelt in ihren Kummer, mithilfe von Schlafmitteln in einen tiefen traumlosen Schlummer gesunken ist. Mit größtmöglicher Vorsicht faltet er das Zeitungspapier auseinander.

Das Bild zeigt einen tiefen Fußabdruck im staubigen Boden. Die Struktur der Sohle zeichnet sich so deutlich ab wie in seiner Erinnerung. Es ist der Schnürstiefel mit den besonderen Rillen, die von der Ferse bis zur Schuhspitze führen. Die Schlagzeile über dem Foto beginnt vor seinen Augen zu tanzen.

Sechs Wörter, die eine ganze Gewissheit enthalten: »Ein großer Schritt für die Menschheit!«

Sein Vater lebt. Ja, er ist oben im Himmel und springt mit seinen Tretern an den Füßen von Planet zu Planet, von Stern zu Stern. Kaum irgendwo gelandet, ist er schon wieder weg, auf dem Sprung zu einem neuen Mond, einer neuen Sonne. Und eines Tages, bald, wird er wieder hier bei ihnen sein, sein Haar zerzausen und dann mit ihm den Sternengarten bereisen.

Es ist Mitternacht. Das Kind wartet. Wartet auf seinen Vater in diesem Sommer 1969 und lächelt mit seinen gerade mal sechs Jahren durch die Fensterscheibe hoch zum Mond.

 Menu à la carte

Das Knallen war in dieser Nacht zurückgekehrt.

Sich die Ohren zuzuhalten nutzte da gar nichts, das wusste er. Das Knallen war in seinem Innern, dieses Knallen eines Gürtels, der die Luft durchschnitt und kurz darauf auf blanke Haut traf, seine Haut. Danach waren wie jedes Mal in der Dunkelheit diese Augen aufgetaucht, Stielaugen, die sich leicht wiegten wie große Sonnenblumen im Sommerwind. Augen, die um ihn, die Mädchen, die Kaninchen, die Schnecken, die um die ganze Welt weinten. Wie schon seit seiner Kindheit warf Yvan den Kopf auf dem Kissen hin und her, immer schneller, um sich zu betäuben und die Geräusche und Augen in die Tiefen seines Bewusstseins zurückzuschicken, aus denen sie gekommen waren. Doch erst am frühen Morgen sank er in den Schlaf.

Als der Direktor am Abend zuvor gekommen war, um zu erfahren, was er sich wünschte, hatte Yvan nicht lange überlegen müssen. Es war aus seinem Mund geschlüpft, noch bevor er sich dessen Tragweite bewusst war.
»Essen.«
Der Wunsch hatte den Direktor völlig unvorbereitet getroffen. Beim Anblick seiner wunderschönen, zwischen den Lippen hervorblitzenden weißen Zähne war er dann noch unwillkürlich erschaudert. Essen. Mit allem hatte er gerechnet, nur damit nicht. Burschen wie Yvan hatte er schon dutzendweise erlebt, und wenn der Moment gekommen war, empfingen ihn diese Dreckskerle in der Regel wimmernd wie ein Häufchen Elend, das sich mit schlotternden Knien kaum noch aufrecht halten konnte.
Yvan dagegen hatte ihn mit ausgestreckter Hand und einem strahlenden Lächeln begrüßt, mit diesem Leuchten in den Augen, das bei seinem Gegenüber meistens Gänsehaut verursachte.
»Es-sen«, hatte er wiederholt und dabei jede Silbe betont, als wollte er seinen Wunsch damit noch tiefer im

Bewusstsein des Direx verankern. Vollkommen überrumpelt hatte der zugestimmt. Für wenige Augenblicke schienen danach die Rollen vertauscht: Mit ruhiger Stimme hatte Yvan seinem Direktor Anweisungen gegeben und sich dabei jedes Mal versichert, dass er jeden einzelnen seiner Wünsche notierte.

Eine Stunde war alles, was ihm jetzt noch blieb. Dreitausendsechshundert Sekunden sorgfältigen Kauens. Yvan gluckste.

Das Licht der nackten Glühbirne an der Decke schien ihnen direkt in die Gesichter und verlieh ihnen eine krankhafte Blässe. Es waren fünf, die ihm gegenüber an der Wand aufgereiht standen, reglos und schweigend. Fünf Raben in schwarzen Anzügen. Fünf Paar Augen mit dunklen Schatten darunter, die im Raum umherwanderten, ohne irgendwo zu verharren, die hektisch über den Boden glitten, die Wände hinauf, an der Decke entlang, bloß um Yvans Blick auszuweichen. Ihre Hände rutschten aus den Taschen, um eine eingebildete Falte zu glätten, eine widerspenstige Haarsträhne glatt zu streichen oder ein Gähnen zu unterdrücken. Fünf Klone mit fahler Haut, die versuchten, einen mörderischen Gesichtsausdruck aufzusetzen, was ihnen jedoch ziemlich misslang.

Yvan frohlockte. Er würde vor dieser Hofgesellschaft, die mit der Übelkeit kämpfte, sein königliches Mahl so richtig genießen. Auf dem Tisch in der Mitte des Raums lag ein blendend weißes Tischtuch. Ungeschickte Hände hatten auf die Schnelle Teller und Besteck draufgelegt.

Yvan setzte sich. Mit der Präzision eines Schachspielers machte er sich daran, den Tisch akkurat zu decken. Er platzierte die Gläser richtig, polierte Messer und Gabel mithilfe seiner Stoffserviette, bis sie wie neu glänzten, verrückte den Salzstreuer um wenige Zentimeter und stellte die Karaffe mit Weißwein genau unter die Lampe, sodass das Kristallglas goldene Reflexe über das blütenweiße Tuch streute.

Als er fertig war, hob er zufrieden den Kopf und betrachtete eindringlich die fünf Unglücksraben, die anscheinend Höllenqualen litten.

Zaghaft wurde nun die Tür aufgestoßen, und ein sechster Mann mit einem ebenso fahlen Teint kam herein, der auf dem linken Arm eine große Platte mit einer silbernen Servierglocke balancierte. Mit angsterfülltem Blick trat er an den Tisch, stellte seine Last vor Yvan ab und hob mit einer Bewegung, die zeremoniell wirken sollte, den schweren Deckel. Augenblicklich erfüllte eine würzige Duftwolke den Raum, die den Salpetergeruch verdrängte. Beim Anblick der dampfenden, in der geschmolzenen Kräuterbutter beinahe noch brutzelnden Weinbergschnecken verzogen die sechs Raben angewidert das Gesicht.

Yvan griff nach der Karaffe und goss sich schwungvoll ein Glas Wein ein. Kurz hallte das Klirren des Kristalls an den Wänden wider, das gleich darauf erstickt wurde von den dicken Mauern.

Den ersten Schluck Chardonnay ließ er mehrmals im Mund kreisen, damit seine Geschmacksnerven die fruchtige Spur wahrnehmen konnten, bevor er ihn hinunterschluckte.

Behutsam nahm Yvan dann die winzige zweizinkige Gabel in die Hand, mit der er das dunkle Fleisch aus dem ersten Gehäuse zog. Langsam und genüsslich begann er zu kauen, sodass das feste Muskelfleisch im Gaumen seinen ganzen Geschmack entfalten konnte. Lautstark schlürfte Yvan anschließend die aromatische Soße und leckte selbst noch die Gehäuse aus. Zwischen zwei Bissen Baguette schmierte mehr Wein seine Kehle, der nun noch fruchtiger schmeckte als zuvor. Die Augen halb geschlossen, den Oberkörper über die Platte gebeugt, war Yvan nur noch eine Essmaschine, seine Füße wippten zufrieden unter dem Tisch.

Wie er so genussvoll kaute, sah er sich wieder als Kind auf Schneckenjagd. Er war damals ein kleiner Kerl gewesen, der in seiner gelben Regenjacke versank, an den Füßen zu große Stiefel, die an den Waden scheuerten. An jenem Tag hatte er sich tief in ein Brennnesselfeld vorgewagt, wo er die langen grünen Nesseln mit einem Nussbaumzweig zu Boden drückte und dann eines nach dem anderen die schleimigen Viecher unter tropfnassen Grasbüscheln hervorholte, um sie vorsichtig in seine Stofftasche zu legen. Während seine lehmbeschmierten Finger in der feuchten Kälte immer gefühlloser wurden, verrann so die Zeit im Takt des Regens, der auf seine Kapuze trommelte, bis er am Abend glücklich nach Hause zurückkehrte, die Tasche voller Schneckenhäuschen an sich gedrückt, die wie der Erde entnommene Edelsteine klackend aneinanderschlugen.

In den Tagen nach dieser wunderbaren Jagd hatte er dann Stunden damit verbracht, seine Weichtiere zu beobachten. Zweiundsiebzig wundervolle Schnecken hatte er gesammelt, die er mit der ganzen Liebe eines Kindes nun fütterte und liebkoste. Die schönste und kräftigste von allen war eine, die er »Schwarzer Prinz« getauft hatte, hatte sie doch schier endlose Stielaugen, glänzende Haut und ein Haus so schwarz wie Ebenholz.

Eines Abends jedoch, als er von der Schule nach

Hause kam, fand er nur noch ein leeres Gehege vor. Einzig ein paar schlappe Salatblätter lagen noch auf der Erde verstreut.

Tieftraurig setzte er sich auf den Metalleimer davor und lehnte den Kopf gegen das Drahtgeflecht, ohne auch nur einen Moment zu ahnen, dass die Schnecken direkt unter ihm ausgehungert wurden.

Erst drei Tage später sah er seine Freunde wieder, leblos auf seinem Teller liegend. Als er sich schreiend weigerte, sie zu essen, zog sein Vater kurzerhand den Gürtel aus der Hose. Der dicke Lederriemen, der auf seine Haut knallte, hinterließ einen blauen Striemen nach dem anderen, bis er anfing zu heulen und zu betteln, dass sein Vater aufhörte, dass er alles essen werde, er solle nur aufhören, bitte, sofort aufhören.

Vor Kummer schluchzend würgte er seine Schnecken ohne zu kauen hinunter, bis er plötzlich, als er das siebte Schneckenhaus auf den Teller zurücklegte, die dunklen Rillen erkannte, die das Gehäuse seines Schwarzen Prinzen zierten. Vom Brechreiz gepackt stürmte er zur Toilette und erbrach alles in einer langen, galligen Fontäne.

Von diesem Tag an hatten ihn die Schnecken bis in seine Träume verfolgt. Schweißgebadet, mit an der Stirn klebenden Haarsträhnen wachte er auf und schrie, sie sollten ihn in Ruhe lassen, bis seine Finger die Nachttischlampe fanden und der Lichtschein ihn von dem Heer Geisterschnecken erlöste.

Das letzte Schneckenhaus schnippte Yvan über den Tisch auf den Boden, wo es leise klirrend zerbrach. Stoff raschelte, lederne Schuhe knarzten, und Yvan hörte die Männer schwer atmen. Sein Mund verzog sich zu einem spöttischen Grinsen.

Er griff nach der Serviette auf seinen Knien und wischte sich das fettglänzende Kinn ab. Als habe er nur auf dieses Signal gewartet, räumte der alte Kellner die Platte mit den leeren Gehäusen ab, wischte die Baguettekrümel zusammen und stürzte hinaus.

Eine Weile hörte man dann das Geschepper von aneinanderschlagenden Töpfen und über Metall kratzenden Gabeln, als ob der Alte mit einem unsichtbaren Feind die Schwerter kreuzte, bis er erneut erschien, in den Händen einen gusseisernen Schmortopf.

Yvan hob den schweren Deckel, worauf ihm aus dem Topf in weichen Spiralen ein aromatischer Duft in die Nase stieg. Er tauchte die Schöpfkelle ein und beförderte ein vor Soße triefendes Stück Fleisch ans Licht, das er auf seinen Teller lud.

Kaninchen in Senfsoße.

Bedächtig zog er die Haut von der muskulösen Keule, trennte das Fleisch vom Knochen und atmete dabei genießerisch den scharfen Senfgeruch ein. Beim ersten Bissen schloss er die Augen, und wieder tauchten Erinnerungen in seinem Kopf auf.

Es war sein erstes Kaninchen. Eine kaum zwei Monate alte, winzige Fellkugel, die sein Vater auf der Landwirtschaftsmesse gewonnen hatte. Seine zwei roten Augen glänzten wie Knöpfe inmitten des schneeweißen Fells. Scheu und wild saß es geduckt ganz hinten in seinem Käfig und schreckte mit bebender Brust bei jedem Geräusch auf.

Mit viel Geduld, endlosen Streicheleinheiten und unzähligen Karotten schaffte es der Siebenjährige dennoch, aus dem Tier seinen Spielkameraden zu machen. Und im Laufe der nächsten Wochen wurde aus dem lebenden Plüschtier immer mehr ein vertrauter Freund. Er erzählte ihm von seinen Freuden, seinem Kummer, ließ seine Kindheitsträume in die großen rosa Ohren fließen. Bis eines Abends, als er gerade eine Handvoll Gemüseschalen in den Käfig legte, sein Vater gekommen war.

»Es ist Zeit, mein Großer«, hatte er munter verkündet, ihm die Haare gerauft und dann das Tier aus dem warmen Kaninchenstall gezerrt.

Ungläubig sah das Kind, wie sich seine Faust in den Himmel erhob, um dann wie eine Keule auf den Nacken des Nagers niederzusausen. Stumm vor Entsetzen, den Blick starr auf das Tier gerichtet, das bald kopfüber an der Scheunentür hing und noch leicht zuckte, spürte das Kind nicht, wie der Vater den Messergriff in seine Hand schob und sie an die Kehle des Kaninchens führte. Die spitze Klinge drang leicht in das flauschig weiße Fell, ein Schwall Blut spritzte heraus und sprenkelte sein Handgelenk mit roten Tupfen. Die Hemdsärmel bis zum Ellenbogen hochgekrempelt, machte sein Vater ein paar gezielte Schnitte an Hinterläufen und Rücken und zog dann mit beiden Händen am Fell. Langsam, wie ein ausgeleierter Strumpf, rutschte es über den noch warmen, sehnigen Körper des Kaninchens, bis hinunter zum Kopf, diesem Kopf, der nur noch hin und her baumelte und aus dem tote Knopfaugen ins Leere blickten, ohne jeden Vorwurf. Mit tränenverschleierten Augen streichelte das Kind über das noch warme Fleisch, streichelte mit seinen Fingerspitzen die dünne, glatte Haut, über die ein Netz aus bläulichen Äderchen lief. Nun stieß die Messerspitze ins Verborgene vor. Mit einem langen Schnitt öffnete der Vater den Bauch des Tieres, aus dem die dampfenden Eingeweide wie die Perlen einer Kette hervorquollen.

Das letzte Bild, das sich dem Kind für alle Zeiten

einprägte, war weder das bisschen in ein Geschirrtuch gewickelte Fleisch noch das der blutigen Eingeweide, die zu den Füßen seines Vaters in der Kiste lagen. Nein, in Erinnerung blieb ihm der kleine Haufen Gemüseschalen, den er in den Käfig auf das Heu gelegt hatte – Gemüseschalen, an denen kein Kaninchen mehr knabbern würde. Am nächsten Tag, als seine Mutter das dampfende Ragout auf den Tisch stellte, schwor er bei sich, den Teller wegzuschieben. Ein Dutzend Schläge mit dem Gürtel genügten jedoch, damit er seinen Widerstand aufgab und ein Stück von seinem besten Freund aß.

Danach waren die Kaninchen in einem Rhythmus von sechs Monaten gekommen. Stets weiß, mit den gleichen blutroten Augen, die ihm aus dem Reich der Toten entgegengestarrt hatten. Und das Kind hatte stets das schreckliche Gefühl, wieder und wieder denselben Albtraum zu durchleben, eine Zeitspirale bis zu dem furchterregenden und zugleich magischen Augenblick, wenn das Messer erneut in das Fell des zuckenden Tieres drang. Nach und nach nahm das Kind nur noch diesen intensiven Moment war, da das Blut über sein Handgelenk lief. Noch bevor er neun Jahre alt war, konnte der Junge, zum Stolz seines Vaters, das Kaninchen mit seinen eigenen Händen zerlegen.

Auf dem Porzellanteller war nur noch ein Häufchen Knochen übrig. Yvan hatte die Leber für den Schluss aufgehoben. Das Sahnehäubchen des Hauptgangs. Er schnitt das zarte braune Organ in kleine Würfel und verspeiste einen nach dem andern, während das nervöse Hüsteln ihm gegenüber lauter wurde. Die fünf Männer traten von einem Bein auf das andere. Die Essensgerüche schienen sie zu quälen, und Yvans Langsamkeit ließ sie nur noch ungeduldiger werden. Voller Schadenfreude kaute er bedächtig wie ein alter, zahnloser Mann. Schließlich überließ er seinen leeren Teller dem Kellner und führte sich den zigsten Schluck Wein zu Gemüte, was er durch ein Zungenschnalzen unterstrich.

Danach wurde ihm noch ein Stück lauwarmer Apfelkuchen serviert. Er biss in die saftige, mit braunem Zimt überzogene Spitze, worauf sich in seinem Mund sogleich Apfelgeschmack und Gewürz vermischten. Während der knusprige Blätterteig zwischen seinen Zähnen krachte, drang der Zimtgeruch durch seine Nasenhöhlen ins Zentrum seines Gehirns. Alle Facetten des Lebens konzentrierten sich in diesem zugleich schweren wie flüchtigen Aroma zwischen Süße und Bitterkeit.

Nachdem Yvan den letzten Bissen hinuntergeschluckt hatte, wischte er sich sorgsam die Hände ab und hob dann den Kopf, um die fünf Männer anzusehen, deren Unruhe durch das nahende Ende noch erhöht wurde. Doch vorher wartete noch eine dampfende Tasse Kaffee auf Yvan, und dazu zündete er sich eine Zigarette an. Kaffee und Tabak, Hölle und Paradies vereint in seinem Mund.

Ein letztes Mal räumte der alte Kellner den Tisch ab und brachte den Digestif, den Yvan sich gewünscht hatte. Ein Gläschen Likör aus Tannenknospen, kaum größer als ein Fingerhut, eine grüne Oase, die sich auf dem riesigen weißen Tischtuch verlor. Langsam setzte er das Glas an seine Lippen, bevor er die smaragdgrüne Flüssigkeit schnell hinunterkippte, damit der Saft des Waldes mit der Kraft eines Wirbelsturms in sein Innerstes drang.

Als wenig später irgendwo im Gebäude die Sechs-Uhr-Sirene erklang, erhob sich Yvan und trat in den Gang hinaus, eskortiert von den fünf Männern. Der Tross schritt langsam voran. Ihre Sohlen quietschten auf dem alten Linoleumboden.

Yvans Lippen umspielte das glückselige Lächeln eines gestillten Säuglings. Seine Ohren nahmen das laute Klacken des Schlosses, das man hinter ihm zusperrte, nicht mehr wahr. Er war nicht mehr da. Sein Leben konzentrierte sich in seinem Innern, in seinem vollen Magen.

Er lag eingerollt in seinem Schneckenhaus unter hohen, von Tau benetzten Nesseln und atmete den schweren Erdgeruch ein. Er kuschelte sich in einem warmen Kaninchenstall ins Heu, Fell an Fell mit seinen albinoweißen Freunden. Er war ein von der Sonne verwöhnter Apfel, der bewegt von einer zarten Sommerbrise an seinem Ast hin und her schwang. Er war der Tannenwald, riesig und majestätisch. Ja, er war all dies zugleich. So wie er Isabelle, Valérie, Sarah und so viele andere gewesen war, alle diese Frauen, die sich von ihm hatten lieben lassen. Wenn sein Messer in ihren Hals drang, zeigte sich auf ihrem Gesicht immer die gleiche Überraschung, bevor ihre Augen sich vor Schreck weiteten und sie um Hilfe zu rufen versuchten. Sie alle presste er an sich, wiegte sie lange, flüsterte ihnen zu, dass alles gut werden würde und sie bald mit ihm vereint wären, lebendiger als jemals zuvor, und sie sich nur so eines Tages wiedersehen würden.

Wenn das Leben dann gänzlich aus ihrer Kehle geflossen war, legte er seine Kleider ab, zog den Gürtel heraus und begann seinen Rücken damit zu peitschen, wieder und wieder, immer stärker, bis er sich ganz vom Schmerz befreit fühlte. Und wenn er danach tränenüberströmt ihre Leber verspeiste, dachte er an seinen Vater, seinen Vater, der seit vielen Jahren schon tot war und wieder einmal so stolz auf ihn gewesen wäre.

Die feuchte Kälte, die durch sein Hemd drang, ließ Yvan erzittern. Mitten im Gefängnishof ragte in der Morgendämmerung das große Gerüst hoch zum Himmel, an dessen oberstem Balken das Fallbeil aufgehängt war, das gleich auf seinen Hals niedersausen würde.

Ihr Heiligtum

Wenn man vierundfünfzig ist, Arrenza Calderón heißt und in einer öffentlichen Toilette arbeitet, sollte man, auch wenn diese zu einer der größten Stierkampfarenen Spaniens gehört, nie auf die Idee kommen, Tagebuch zu führen.

Von morgens bis abends Kacheln schrubben, Armaturen polieren, Waschbecken scheuern und Klopapier nachfüllen, dafür ist Arrenza da. Man erwartet von einer Klofrau, dass sie putzt – und nicht, dass sie schreibt.

Jeder hat nun mal seinen Platz im Leben. Es ist in Ordnung, wenn eine Klofrau Kreuzworträtsel löst und Groschenromane liest, aber wenn sie mit ihren putzmittelgeplagten Fingern in ein Notebook tippt, was ihr den lieben langen Tag so durch den Kopf geht, erregt das nun mal Argwohn. Darum musste ich mein Notebook auch irgendwann wieder zu Hause lassen, denn die Untertasse auf dem Tisch hatte sich ärgerlicherweise angewöhnt, leer zu bleiben, sobald ich auf meiner Tastatur klapperte.

Wenn ich in meinen vierundfünfzig Jahren etwas gelernt habe, dann ist es das: Der Schein ist wichtiger als das Sein. Also spiele ich das Spiel mit. So ist es einfacher für alle Beteiligten, bei mir selbst angefangen. Der Computer bleibt nun schön in seiner Hülle. Es beruhigt die Leute, wenn ich mich über Sudoku-Rätsel beuge und dabei auf der Kappe meines Kugelschreibers herumkaue oder die Fernsehzeitung durchforste. Deshalb schreibe ich nun in kleine Notizbücher, die ich zwischen den Seiten eines Hochglanzmagazins verstecke. Ich schreibe, ohne dass es so aussieht. Darin liegt das ganze Geheimnis: den Leuten vorzutäuschen, was sie von mir erwarten. Irgendwann habe ich sogar Gefallen an diesem Spiel um Schein und Sein gefunden. Mittlerweile denke ich sogar manchmal, dass hier nur die Kacheln echt sind.

Kacheln vom Boden bis zur Decke, glänzend wie am ersten Tag. Es sind exakt 14.714. Von Zeit zu Zeit zähle ich sie. Nur um zu sehen, ob sich auch nichts geändert hat. Jedes Mal komme ich auf die dieselbe deprimierende Summe: 14.714. Wie oft habe ich schon von einer wärmeren, runderen, ansehnlicheren Zahl geträumt. Einer Zahl mit dickbäuchigen Nullen, fülligen Achten, Sechsen oder Neunen. Selbst eine schöne Drei, gewölbt wie die ausladende Brust einer Amme, würde mich glücklich machen.

An 14.714 ist dagegen nichts Weiches. Die Zahl ist mager, geradezu knöchern, und tut dem Auge mit ihren spitzen Winkeln weh. Ganz gleich, was man tut, sieht sie auf dem Papier immer wie eine Abfolge von Ecken und Kanten aus. Eine einzige Kachel mehr oder weniger würde genügen, um der Zahl eine freundliche Rundung zu verleihen.

14.714 Kacheln. Und ich kenne jede einzelne genau. Ich könnte Ihnen sogar, ohne den Hintern vom Stuhl zu heben, alle beschreiben, die ein wenig angeschlagen sind. So wie jene links vom dritten Wasserhahn, deren Glasur in Form eines fünfzackigen Sterns abgeplatzt ist. Oder die mit den abgebrochenen Ecken, insgesamt siebenundvierzig, die über den ganzen Boden verteilt sind. Und dann sind da noch die mit dem winzigen, haarfeinen Riss, der über die Wand am Eingang verläuft und der Jahr für Jahr, Kachel für Kachel, unaufhaltsam auf die großen Spiegel zukriecht und so die vergehende Zeit sichtbar macht. Eines Tages wird er sein Ziel erreichen. Ich werde das aber sicher nicht mehr erleben. Die alte Arrenza wird ihre Vorstellung bis dahin schon lange beendet haben.

Ich liebe es, früh in der Arena zu sein. Als Erste zu kommen, bevor die Massen hereinströmen und den wertvollen

Augenblick des Alleinseins zerstören. Und ebenso liebe ich es, durch die leeren Zuschauerreihen zu gehen und danach in aller Ruhe in das sandige Rund hinabzusteigen, das zu dieser Stunde noch wie ein leerer Ballsaal zwischen zwei Feiern wirkt. Einen kurzen Augenblick lang will ich einfach dieses seltsame Gefühl haben, dass die Arena mir allein gehört. Sie und ich, durch den heiligen Bund aneinandergekettet, der vor sechsunddreißig Jahren durch das Blut eines gewissen Mannes besiegelt wurde.

Heute ist kein Tag wie jeder andere. Der alte Wachmann Raul weiß das. Jedes Jahr lese ich auf seinem Gesicht das gleiche stille Mitgefühl. Das klägliche Lächeln, das er mir in geheimem Einverständnis schenkte, als ich ihn vorhin am Eingangstor begrüßte, hat mich einmal mehr kurz aus dem Gleichgewicht gebracht. Als ich mich nach einem herzlichen Kuss auf seine kratzige Wange umdrehte, spürte ich, wie sein trauriger Blick an meinem Rücken hängenblieb.

So wie an jedem 24. Juni versäume ich es auch heute nicht, mich zu bücken und eine Handvoll Sand in meine Weißblechdose zu füllen, die ich eigens dafür mitgebracht habe. Ein kleines Stück der Arena. Für Esteban. Und auch für mich. Um ein Stück von der Welt hier oben mitzunehmen, wenn ich durch den dunklen Schlund des Treppenabgangs ins Innere der Erde hinabsteige.

In meinem gekachelten Universum erwartet mich wie üblich mein himmelblauer Kittel aus Polyester. Er ist wie eine zweite Haut geworden, mein Lichtgewand, das zusammen mit Besen, Eimer und Reinigungsmitteln in meinem schmalen Spind hängt. Ich führe hier einen ständigen Kampf. Chlorreiniger gegen Mikroben, Wischmopp gegen Flecken, Schwamm gegen Spritzer. Mit Gummihandschuhen in Bonbonrosa rücke ich allem Schmutz zu Leibe. Ich bin hier wie unter Wasser, weit entfernt von Tageslicht und Stimmengewirr. Die Welt da oben dringt nur bruchstückhaft zu mir herab. Die Schreie der Menschenmenge treiben aus der Arena zu mir herunter, wo sie zu meinen Füßen ersterben. Und manchmal hängt einer schönen Frau noch ein Hauch Parfum nach, bevor er sich im Chlorgeruch auflöst.

Das Geräusch der Spülung und das metallische Klirren der Geldstücke, die auf meine Porzellanuntertasse fallen, gliedern meine Tage. Von Zeit zu Zeit verlasse ich meinen Resopaltisch rechts vom Eingang, um ein Pissoir zu desinfizieren oder mit einem Tuch, das ich stets in der Kitteltasche trage, den Chromhals eines Wasserhahns zu liebkosen. Zwischen zwei Stierkämpfen stürzen große Zuschauertrauben eilig zu den Toiletten, um eine Welle von Urin, Exkrementen und Erbrochenem zu hinterlassen. Es ist das pure Leben mit der immer gleichen Melodie: ein diskretes Klappern der Gürtelschnallen, ein leises Sirren des sich öffnenden Reißverschlusses, ein Rutschen, Knistern, Reiben, Rascheln von Leinen, Seide, Nylon, Baumwolle und all den anderen Stoffen auf der Haut, die längst vertraute Musik in meinen Ohren sind. Danach höre ich dann ein schamhaftes Hüsteln oder gespielt heiteres Pfeifen, das gewisse andere Geräusche übertönen soll. Manchmal kommt aus tiefster Kehle auch ein gerade noch am Gaumen abgedämpftes Stöhnen, das bald von einem Platschen auf die Wasseroberfläche oder dem Geräusch herabstürzender Bäche überdeckt wird, wobei auch schon mal Seufzer der Erleichterung erklingen. An meinem Tisch mit der Untertasse lerne ich jedenfalls mehr über die Spezies Mensch als mit jedem Lexikon. In dem kurzen Augenblick, wenn der Hintern auf der Klobrille klebt, die Hose in Falten um die Waden hängt oder der Rock auf die Pumps runtergelassen ist, ist der Mensch auf sich selbst zurückgeworfen, nur noch ein gemeines Säugetier, das seine primären Bedürfnisse befriedigt.

Inzwischen arbeite ich gerne in den Toiletten der Arena. Nach dem Unglück habe ich mich nicht entschließen können, meinen Job zu kündigen. Wie der Riss, der kontinuierlich auf die Spiegel über den Waschbecken zuläuft, bin ich beharrlich dageblieben. Andere wären sicher längst abgehauen, so wie man das Schlachtfeld verlässt, sobald die Kanonen verstummt sind. Aber es ist mir egal, was die anderen Leute sagen oder denken. Und es ist mir auch egal, dass ich immer mehr einer alten, in ihren Erinnerungen versunkenen Frau gleiche.

Oh, es hat mir nicht an Möglichkeiten gefehlt. Erst letztes Jahr hat mir der alte Javier angeboten, Kassiererin in seinem Lebensmittelladen zu werden, und ich habe abgelehnt. Zehn Mal, zwanzig Mal hätte ich meinen Arbeitsplatz verlassen können. Oft für viel attraktivere Gehälter als mein magerer Stundenlohn und das bisschen Trinkgeld, das ich in meiner Untertasse sammle.

Aber ich bin geblieben. Wegen Esteban. Wegen der Erinnerungen, die zwischen diesen Kachelwänden gefangen sind. Weil Vergessen eine Illusion ist. Und weil hier, zwischen den Toiletten und Waschbecken, mein Leben, das damals gerade erst begonnen hatte, endete. Hier in der Kabine Nr. 8, die ich jeden Tag auf Gottes Erden mit dem gleichen warmen Gefühl im Bauch betrachte, hinter der seither doppelt verschlossenen Tür, die ich nur noch einmal im Jahr aufschließe. Die Kabine, die zum Heiligtum geworden ist und die, so will ich es gern glauben, vielleicht noch ein wenig von der Luft enthält, die Esteban und ich gemeinsam eingeatmet haben, damals, vor sechsunddreißig Jahren …

Ein einziges Mal habe ich sein Grab besucht. Doch dort, zwischen all den grauen Steinen und Kreuzen, habe ich meinen Esteban nicht wiedergefunden. Seither kann ich Gräber nicht mehr ausstehen. Ein Grabmal hat für mich etwas viel zu Endgültiges, etwas, das die Erinnerungen im Stein einmauert und dort erstarren lässt.

Darum hänge ich auch so an der Kabine mit der Nr. 8, hänge an ihr wie andere an vergilbten Fotos ihrer Lieben in Goldrahmen.

Sechsunddreißig Jahre ist es nun her, man stelle sich das mal vor! Vor sechsunddreißig Jahren blieb das Leben in diesem magischen Moment stehen, als unsere jungen Körper sich begegneten, hier, in diesen gekachelten Toiletten. Während die Arena an jenem Morgen des 24. Juni, wenige Stunden vor dem großen Stierkampf zu San Juan, der Sommersonnenwende, noch menschenleer war, wurde die Kabine Nr. 8 zum Schauplatz unserer Liebesspiele. Im Halbdunkel der wenigen Kubikmeter berauschten wir uns an den gegenseitigen Berührungen, kosteten den anderen, vermischten unseren Atem, vergaßen die Zeit, als gäbe es nur noch uns auf dieser Welt ...

Die Gewissensbisse reißen mich oft mitten in der Nacht aus dem Schlaf. Gewissensbisse, die mit den Jahren stärker geworden sind und mich von innen auffressen wie eine hungrige Ratte. Man hat mir von seinen letzten Passagen erzählt, den Figuren, die er mit seinem roten Tuch ausgeführt hat. Man hat mir beschrieben, wie der begnadete Matador Esteban an jenem Nachmittag mit dem Tod getanzt und ihm jedes Mal ausgewichen ist – bis das Horn in seine rechte Leiste gedrungen ist und die Arterie durchtrennt hat. Man hat mir berichtet, wie das

Tier, ein fast sechshundert Kilo schwerer Miura-Stier, ihn in die Luft geschleudert und danach, aufgespießt wie eine gewöhnliche Stoffpuppe, durch den Staub geschleift hat – als man mir seine Leiche zeigte, habe ich jedoch die Augen davor verschlossen und mich rundweg geweigert, seinen Tod anzuerkennen. Sein blutleerer Körper, weiß wie Marmor auf dieser Trage, die seine letzten Blutstropfen aufgesogen hatte, das konnte nicht der Mann sein, der mich erst einige Stunden zuvor vor Lust hatte stöhnen lassen.

Heute Morgen habe ich für ihn mein schönstes Kleid angezogen und mich vor dem Spiegel geschminkt. Ein Hauch Rouge auf die Wangen und ein wenig Lippenstift, wie er es mochte. Ich habe meine Haare lange gekämmt und sie zu einem straffen Knoten gebunden und ein paar Tropfen Parfum auf meine Halsbeuge getupft, genau an die Stelle, die er so gern mit seinen Lippen berührte.

Nachher, wenn wir schließen, werde ich meinen Kittel in den Spind hängen, und dann werde ich, wie an jedem 24. Juni seit sechsunddreißig Jahren, die Kabine Nr. 8 aufschließen.

Feierlich werde ich die Tür öffnen, hineinschlüpfen und dann den Deckel der Weißblechdose abnehmen, um den Sand als Opfergabe auf den gekachelten Boden zu streuen. Den Sand, der all die Stierkämpfe des vergangenen Jahres, all die

Spuren und Stimmungen aufgesogen hat, und der mir darum jedes Mal ein wenig schwerer erscheint. Er wird sich zu den anderen Häufchen gesellen, die ich im Laufe der sechsunddreißig Jahre dort hingestreut habe.

Danach werde ich mich ausziehen. Erst das Kleid und anschließend die Unterwäsche. Und ganz am Schluss werde ich meinen Haarknoten lösen.

Dann werde ich mich im Halbdunkel auf den Klodeckel setzen, die nackten Füße im Sand der Arena vergraben, die Augen geschlossen, und Esteban in Gedanken zu mir kommen lassen. Seine Stimme wird mir erneut Liebesworte zuflüstern, seine Hände werden meinen Körper entlanggleiten, sein Mund wird meine Lippen kosten. Und in meiner Erinnerung, das weiß ich, wird er wunderschön sein. Schön wie am ersten Tag.

Ich kann es wirklich kaum erwarten, ihn wiederzusehen.

Die Birke

Nachdem sie durch das x-te Dorf mit unaussprechlichem Namen gefahren waren, hatte der Lastwagen sie bei Tagesanbruch am Rand eines Waldstücks abgesetzt.

Ein Steinkreuz markierte den Beginn des Weges. In straffem Tempo waren sie aufgebrochen, seither aber immer langsamer geworden. Die Soldatenlieder, in deren Takt sie auf den ersten Kilometern marschiert waren, waren schließlich verstummt.

Seit fast einer Stunde hatte nun keiner mehr ein Wort gesagt. Sprechen ergab keinen Sinn mehr. Im Unterholz erklang nur das stetige Stampfen der Schnürstiefel, die das Meer aus verwesendem Laub teilten. Sie rückten mit dem unangenehmen Gefühl vor, im Kreis zu gehen, immer wieder denselben Weg zwischen moosbedeckten Steinen entlangzulaufen, denselben Bach zu durchwaten, dieselben Hügel zu überwinden, eingezwängt zwischen den großen Birken, die ihnen auf beiden Seiten die Sicht versperrten.

Im Laufe der Stunden hatten sich die Augen an die unaufhörlich vorbeigleitenden Stämme, deren weiße Rinde und kahlen Stellen gewöhnt. Über den Männern enthüllten die hohen Baumkronen bruchstückhaftes Blau. Ein immer stärker werdendes Gefühl von Unendlichkeit hatte sie gefangengenommen, je länger sie diesen endlosen Wald durchquerten. Die Zeit existierte nicht mehr. Selbst der Hunger, die Erschöpfung und der Durst schienen sich in Luft aufgelöst zu haben, als ob der Wald, nachdem er die Soldaten in sich aufgenommen hatte, sie auf jedem Kilometer, den sie gingen, weiter verdaute. Taub für die Mückenschwärme, die um ihre Ohren sirrten, stapften die Infanteristen hintereinander her und ignorierten dabei stoisch den Gewehrgurt, der in ihre Schultern schnitt, den Kolben, der an ihrer Hüfte rieb, und das an den Gürtel gebundene Bajonett, das im Rhythmus ihres Marsches gegen ihren Oberschenkel schlug.

Joseph bildete das Schlusslicht. Die Reste von Akne auf seinen Wangen zeugten von seiner Jugend.

Eine tiefe Müdigkeit lag in seinen dunkel unterlaufenen Augen.

Er dachte an das Dorf, das er vor sechs Monaten verlassen hatte. An den Bauernhof, gebettet in ein Tal in Baden-Württemberg, an die diesjährigen Kälber, deren Geburt er nicht miterlebte, an die Heuernte, die ohne ihn stattgefunden hatte. Und er dachte an Johanna, die Tochter des Verspießers, und an den Walzer, den sie ihm fürs nächste Erntedankfest versprochen hatte.

Der Trupp erstreckte sich vor ihm über dreißig Meter, eine lange Folge hin und her wankender Helme über schweißglänzenden Nacken. Viele Male hatte der Wald schon versucht, den unsichtbaren Faden zu zerreißen, der die zwanzig Soldaten in Reih und Glied hielt, aber jedes Mal hatten sie, mit militärischem Reflex, in die Spur des Mannes an der Spitze zurückgefunden.

Oberleutnant Wurtz führte den Zug an. Die erste Granate sprengte ihm das halbe Gesicht weg. Die von der Wucht der Explosion abgerissenen Birkenblätter hatten den Boden noch nicht berührt, als überall im Wald bereits weitere Detonationen zu hören waren.

Die Hölle brach in einem Sprengkopfhagel über sie herein. Der Boden spie dicke Brocken Humus aus, die in dichtem Regen auf die Soldaten niederprasselten. Himmel und Erde wurden eins, zermalmten das Waldstück, spuckten

Überreste von Holz und Menschen in die Luft. Die tödlichen Blitze schlugen blindwütig in Bäume und Soldaten ein. Auf halber Höhe niedergemäht, krachten die grünen Giganten auf den Boden, wonach die Baumstümpfe in den Himmel geschleudert wurden.

Die Schreie der Männer mischten sich in das Getöse der Waffen. Gebellte Befehle, Hilferufe, Schmerzgeheul. Große Schneisen mit blauem Himmel erschienen über ihnen zwischen den Blättern, und durch sie stürzte die Sonne, um die Szenerie zu erhellen.

Instinktiv warfen sich die Männer zu Boden, getrieben von dem unbändigen, verzweifelten Wunsch, sich noch tiefer in die Erde zu vergraben, so tief es nur ging. Manche scharrten mit bloßen Händen im Dreck wie tollwütige Hunde, andere rollten sich zusammen und boten ihren Rücken ungeschützt den umherschwirrenden, todbringenden Granatsplittern dar. Einem uralten Reflex folgend, machte sich jeder so klein wie irgend möglich. Nur Joseph nicht. Inmitten der über sie hereinbrechenden Zerstörung blieb er stehen und schlang in einer unsinnigen Geste die Arme um eine große Birke, die vor ihm in den Himmel ragte. Aus den Rissen ihrer Rinde perlte das Baumharz wie dicke Tränen und rann langsam am Stamm hinab, an den Joseph seine Wange presste, während ihm der Urin warm an den Oberschenkeln hinablief. Mit jeder neuen Explosion bebte der Stamm in seinen Armen.

Joseph schloss die Augen. Mitten im Höllenfeuer wurden er und der Baum eins. Ein einziger Organismus aus Baum und Mensch, in dessen Venen sich Blut und Saft mischten. Josephs Geist fuhr in das Innere der Birke und flüchtete ins Wurzelgeflecht, weitab vom Radau an der Erdoberfläche, sodass der ohrenbetäubende Krach, der ihm einen Augenblick zuvor das Trommelfell zerrissen hatte, nur noch ein dumpfes Grollen war. Statt der im Unterholz herrschenden drückenden Schwüle spürte er nun die angenehme Frische des Waldbodens, und die dicke Erdkruste, die die Wurzeln umgab, verströmte zudem einen betörenden Geruch. Auf diese Weise war sich Joseph seines Körpers kaum noch bewusst, dieses leeren Kokons, der sich an den Stamm der Birke presste, als sein Organismus auf einmal unter der Wucht eines Granatsplitters erbebte, der seine Schulter durchdrang, bevor er in den Baum einschlug. Der Schmerz riss seinen Geist mit Gewalt zurück an die Erdoberfläche. Erneut drang ihm der betäubende Lärm in die Ohren, während sich der Schmerz in heißen Wellen in seinem Brustkorb ausbreitete und ihm die Luft zum Atmen nahm. Betäubt glitt Joseph zu Boden und zog eine breite Blutspur an der weißen Rinde entlang. Der einst dichte Birkenwald um ihn herum bestand nur noch aus aufgerissener Erde, gespickt mit rauchenden Baumstümpfen.

Einzig die Birke, an deren Fuß der junge Soldat zusammengesunken war, reckte noch ihren intakten Wipfel in die

Höhe und um sie herum Schwarzpulvergestank, der metallische und schwere Geruch des Blutes, die widerlichen Ausdünstungen aus den zerfetzten Körpern. Nach und nach wurden die Todesschreie seiner Kameraden schwächer, gingen in Röcheln über, bis sie schließlich verstummten.

Als die Nacht hereinbrach, herrschte nur noch Totenstille. Vom Himmel hoch oben goss der Mond sein milchiges Licht auf die hohe Birke. Joseph blickte nach oben und bevor er das Bewusstsein verlor, sah er ihn: den Granatsplitter in der weißen Baumrinde. Mit Blut und Pflanzensaft beschmiert, glänzte das Metallstück schwach im Mondlicht.

Ein Hupen durchbrach die Stille und riss Joseph aus seinem Albtraum.

»Gott im Himmel!«, fluchte er, als das mit Stammholz beladene Ungetüm neben seinem Auto vorbeidonnerte.

Der Wagen wankte unter der Druckwelle des Lasters. Joseph hatte am Straßenrand geparkt und umklammerte das Lenkrad, bis sich sein Herzschlag beruhigt hatte.

Einigermaßen entspannt schob er seine linke Hand unter das Hemd, um nach der Narbe zu tasten, und begutachtete seine Finger dann im Oberlicht. Sie waren trocken und sauber. Dennoch machte er den Oberkörper frei und untersuchte seine rechte Schulter noch etwas genauer im Rückspiegel. Die Rosette aus glatter und drum herum wulstiger Haut war das Einzige, was von dem Geschoss vor zweiundsechzig Jahren übrig geblieben war.

Zweiundsechzig Jahre, in denen er wie ein lebender Toter durchs Leben gegangen war. Als einziger Überlebender des Bombenangriffs hatte Joseph fast drei Jahre lang in einem sibirischen Gefangenenlager dahinvegetiert, drei Jahre fast endloser Winter, in denen er von Sonnenaufgang bis Sonnenuntergang gefrorene Erde beackerte, auf der nur Kiesel gediehen, und jede Nacht auf seinem eisigen Bettgestell darauf wartete, dass der Tod ihm endlich gnädig war.

Der Krieg hatte ihn schließlich wieder unter die Seinen geworfen, ausgezehrt und stumm. Er war nach Hause zurückgekehrt, doch ein Teil seiner Seele war amputiert, wie andere ohne Arme oder ohne Beine zurückgekommen waren. Und er war sich sicher, dass das fehlende Stück seiner Seele dortgeblieben war, in den Tiefen dieses Birkenwaldes, gefangen im Flechtwerk der Wurzeln. Die Worte waren nie wieder auf seine Lippen zurückgekehrt.

Im Dorf hatte man den finsteren Stummen dennoch wie einen Helden empfangen. Er hatte den Hof der Familie übernommen, hatte die Tochter des Verspießers geheiratet. Joseph war durchs Leben gewandelt wie ein Geist und hatte sich damit zufriedengegeben, ohne Überzeugung die Rollen zu spielen, die man von ihm erwartete: einen guten Ehemann, gläubigen Protestant und arbeitsamen Bauer.

Die Rolle des Vaters war ihm erspart geblieben. Dass er unfähig war, Leben zu schenken, hatte ihn kaum überrascht. Manchmal hatte er sich mitten in der Nacht aus Johannas Armen gelöst, um lautlos aus dem Haus zu schleichen. Stets war er dann durch die mit Tau überzogene Wiese zum alten Apfelbaum gegangen und hatte dessen Stamm umarmt. Lange Zeit blieb er so in der Kälte stehen und hoffte, dass das Wunder geschehe, wohl wissend, dass es nur ein schaler Abklatsch des Augenblicks war, der sein Leben im Alter von achtzehn Jahren tiefgreifend verändert hatte.

In diesem Frühling hatte er seine Frau zu Grabe getragen, Opfer des Krebses, der sie seit Monaten zerfraß. Joseph hatte sich in die Rolle des Witwers gefügt, wie man in einen neuen Anzug schlüpft.

Vergangene Woche hatte er dann jedoch beim Buchhändler an der Ecke eine Karte von Polen gekauft. Mit dem Zeigefinger fuhr er darüber von Westen nach Osten hinauf nach Norden, bis er, tief bewegt, den Namen des Dorfes entdeckte, den er zweiundsechzig Jahre zuvor rot umkringelt auf der Karte des Generalstabs gesehen hatte.

Krajnowice.

Dort war er, der Wald, unter seinem Finger.

Gestern Morgen, nachdem er einige Kleidungsstücke

und Proviant in seinen Rucksack gepackt hatte, hatte er, der seit seiner Rückkehr aus dem Krieg nie weiter als bis nach München gekommen war, sich mit seinem alten Auto auf den Weg gemacht. Eine irrsinnige Reise von fast 1.400 Kilometern. Die Namen der großen Städte waren vor seinen Augen vorbeigerauscht. Stuttgart, Nürnberg, Leipzig. An einer Raststätte im Süden von Berlin hatte er eine erste Rast eingelegt, um ein wenig zu schlafen, und nach einer leichten Mahlzeit die Fahrt fortgesetzt. Bei Tagesanbruch hatte er die Oder überquert und polnischen Boden erreicht. Neue Städte waren vorbeigeglitten. Poznań, Gniezno, Watkowiska. Dort war er links abgebogen, auf immer engere und unübersichtlichere Straßen.

Als die Nacht hereinbrach, war das Schild schließlich im Lichtkegel der Scheinwerfer aufgetaucht. Krajnowice. Joseph war langsam durch den Weiler gefahren bis zu dessen Ende. Seine vor Müdigkeit brennenden Augen hatten Schwierigkeiten gehabt, das von den Haselnusssträuchern überwucherte Steinkreuz wiederzufinden. Da er vor Müdigkeit fast umfiel, beschloss er darum, sich besser auszuruhen und auf den Morgen zu warten, bevor er den Wald betrat.

Er stieg aus dem Wagen und streckte seine steifen Glieder, aß ein paar Kekse und trank Milch in großen Schlucken.

Dann band er seine Wanderschuhe, stopfte die restliche Verpflegung zurück in seinen Rucksack und schloss das Auto ab.

Trotz der frühen Stunde herrschte bereits drückende Hitze. Es sah nach Gewitter aus. Der Pfad führte ins Dickicht. Der Achtzigjährige betrat ihn mit einem Lächeln, die Stimme der Vernunft ignorierend, die ihn anflehte kehrtzumachen, weil es verrückt sei, zu hoffen, den vermaledeiten Baum unter hunderttausend anderen wiederzufinden.

Mit jedem Kilometer wurde Joseph wachsamer.

Da waren sie, die Birken, und auch die Mücken. Während ihm der Schweiß die Stirn hinunterlief, kehrte Joseph in die Vergangenheit zurück, gänzlich unempfänglich für die Schmerzsignale, die ihm sein gebrechlicher Körper sandte. Der Pfad verschwand an manchen Stellen, um woanders, hinter einem Bach oder einem Geröllhaufen, wieder aufzutauchen.

Bald war er sich sicher, dass der Wald sich hinter ihm wieder schloss und seine Rückkehr damit unmöglich machte, doch der Gedanke jagte ihm keine Angst ein, im Gegenteil. Sein Platz war schon immer hier gewesen, hier, in diesem Wald.

In diesem Moment teilte ein erster Blitz den Himmel und erleuchtete kurz das Unterholz. Und da sah er sie durch den Schleier, den der graue Star auf seine Netzhaut gelegt hatte: Neunzehn durchscheinende Gestalten, die schweigend vor ihm über den Laubteppich marschierten. Ganz da vorn drehte sich Oberleutnant Wurtz zu ihm um. Seine ausgemergelten Wangen verzogen sich zu einem makabren Lächeln. Horst Böhms Oberkörper in khakifarbener Jacke schwebte direkt vor ihm einen guten Meter über dem Boden. Die Zipfel seiner blutigen und mit Splittern übersäten Uniform flatterten wie Banner im Wind.

Sie waren aus den Tiefen des Waldes gekommen, um ihn auf seinem Weg zu begleiten, und zogen Verwesungsgeruch hinter sich her. Oberleutnant Wurtz beschleunigte seine Schritte. Joseph fühlte sich ebenso leicht wie die vor ihm tanzenden Geister. Bald darauf verwandelte sich der Boden in ein wogendes Meer aus immer enger liegenden Mulden und Hügeln. Das Herz des Achtzigjährigen zog sich zusammen. Zweiundsechzig Jahre hatten dem Wald nicht genügt, um die Verwüstung durch die Bombardierung restlos zu überwuchern. Hier und dort sah er noch Überreste von Stämmen, die vom Ungeziefer zerfressen waren.

Oberleutnant Wurtz wurde langsamer, dann ließ er die Kolonne anhalten.

Die Soldaten traten vor Joseph zur Seite.

Die hohe Birke war nur noch ein Baumgerippe. Ganz oben kratzten die nackten Äste am Himmel. Mit dem zweiten Donnerschlag setzte der Regen ein. Mit wackligen Beinen ging der Achtzigjährige zu dem nassglänzenden Baumstamm. Der Granatsplitter in der Rinde war nur noch eine dünne, vom Rost geformte Metallspitze. Behutsam streichelte der alte Mann mit den Fingerspitzen über die Reliquie einer anderen Zeit und umfasste dann zärtlich den Stamm mit seinen dünnen Armen.

Das Gewitter wurde heftiger. Blitze ließen die Wolken erglühen, aus denen das Wasser stürzte. Die Luft bebte unter den Donnerschlägen. Durch die geschlossenen Lider sah Joseph einen letzten blendenden Blitz, bevor die Birke seinen Geist einsog. Der alte Mann lächelte. Der Blitz verzehrte Äste und Stamm, dann fuhr er über die Schulter in Josephs Narbe hinein.

Eine Sekunde lang blitzte der Splitter des Geschosses auf. Aneinandergeschweißt waren der alte Mann und die weiße Birke nun eins, für alle Ewigkeit.

DER ALTE

Wie gewöhnlich drängte der Alte unter das gläserne Dach der Markthalle, sobald sich die Gitter hoben, und antwortete auf den Gruß des Torwächters nur mit einem Brummen. Jeden Donnerstag, ob es regnete, stürmte oder schneite, war der Alte der Erste, der durch die Hallentür trat, sommers wie winters mit demselben abgetragenen Überzieher und der ewigen olivgrünen Filzmütze auf dem Kopf.

Seine lederne Umhängetasche, ohne die er niemals aus dem Haus ging, baumelte auch heute wieder an seiner Seite, als er den Mittelgang zu der kleinen Brasserie hochschlenderte, die am anderen Ende der Halle lag.

Der Alte lief jedoch nicht geradewegs darauf zu, sondern schlurfte im Zickzack von einem Stand zum nächsten, auf der Jagd nach den anthrazitfarbenen Schiefertafeln, die hier und da auf den Kisten mit den Esswaren lagen. Denn der Anblick der frischen Kreideschrift erfüllte ihn stets mit der gleichen unbändigen Freude.

Filet Mignon 11,40 €/kg
Karotten 1,42 €/kg
Kopfsalat 1,35 €/Stück
Reblochon-Käse 6,80 €/Stück
Taschenkrebse 8,20 €/kg
Roter Thunfisch 23,70 €/kg

Die gewundenen Arabesken, gezeichnet von den Wurstfingern des Schlachterburschen, verrieten zugleich Frustration und maßlosen Ehrgeiz. Ein Loser, urteilte der Alte.

Ein Stück weiter zeigten die von den grünen Pranken des Gemüsehändlers geschriebenen akkuraten Buchstaben einen engstirnigen, rationalen Geist. Das war sicher einer von diesen verdammten Pedanten, dafür hätte der Alte seine Mütze ins Feuer gelegt.

Noch weiter hinten zog sich die Schrift der Käseverkäuferin in lasziven Spiralen über die Schiefertafel, ließ

Auf- und Abstriche sich auf intime Weise ineinander verschlingen. Eine großzügige Schrift für eine leicht erregbare Sinnlichkeit. Ein ausgefeimtes Flittchen, keine Frage.

Die Buchstaben des Fischhändlers dagegen, ein irres Gekritzel, standen für eine nur schwer unterdrückte Gewaltbereitschaft. Ein verhinderter Mörder, der seine Fische bestimmt mit sadistischer Freude ausnahm.

Die Marktleute hatten im Laufe der Jahre gelernt, dass es nichts brachte, die gemurmelten Schiedssprüche des sonderlichen Alten zu unterbrechen. Nichts und niemand hatte es bisher geschafft, den guten Mann aus diesem Zustand tiefer Trance herauszureißen, in den ihn die Betrachtung des Geschriebenen versetzte. Seine Augen, zwei tief in den Höhlen liegende schwarze Kugeln, offenbarten eine krankhafte Intelligenz, und sein ganzes Sein strahlte eine solche Boshaftigkeit aus, dass kein Händler es je gewagt hatte, ihn zu fragen, warum und was er da genau tat. Schließlich fragt man einen Verrückten nicht, warum er verrückt ist.

Der Gipfel war, dass der Mann dabei nie was kaufte. Nicht die kleinste Frucht, nicht das winzigste Stückchen Käse. Er hatte keinen Blick für die Wurstwaren übrig, und wurde auch nie dabei überrascht, eine Melone zu drücken oder an ihr zu schnuppern, um den Reifegrad zu prüfen. Nein, er begnügte sich damit, gedankenverloren dazustehen, den Blick auf die Schiefertafeln gerichtet, und dann irgendwann etwas Unverständliches vor sich hin zu murmeln, sodass die Marktleute ihn schließlich irgendwann vollkommen ignorierten, wie ein afrikanischer Büffel den Madenhacker, der den ganzen Tag auf seinem Rücken herumspaziert.

Auch an diesem Tag brauchte der Alte fast eine Viertelstunde bis zur Brasserie. Sein Gaumen lechzte nach dem Viertelliter Rosé, den er sich jeden Donnerstag gönnte.

Zu dieser frühen Stunde herrschte ein fröhliches Durcheinander von Lieferanten und Kaufleuten, die sich Schulter an Schulter an die Theke drängten. Dem Alten grauste es vor solch lauten Menschenansammlungen. Wie Fliegen, die um ein Stück Scheiße kreisen, dachte er, während er sich grummelnd einen Weg zu der Wendeltreppe bahnte, die in den ersten Stock führte.

Die Nische direkt an der großen Fensterscheibe erwartete ihn schon. Mit der Zeit war dieser Resopaltisch sein Stammplatz geworden. Und wenn unglücklicherweise doch einmal ein Fremder seinen Platz besetzte, blieb der Alte stur neben ihm stehen und warf dem Rechtsverletzter so lange tödliche Blicke zu, bis dieser das Feld räumte.

Der Alte musste schon seit langem keine Bestellung

mehr aufgeben. Der Ober kam, stellte ein leeres Glas und eine Karaffe Rosé vor ihn hin und verschwand wieder wortlos, wohl wissend, dass er kein Dankeschön erwarten durfte, und erst recht kein Trinkgeld.

Fast zwei Stunden lang süffelte der alte Mann dann in kleinen Schlucken seinen Wein, während er durch das Fenster das Jagdrevier betrachtete, das sich zu seinen Füßen über fast sechstausend Quadratmeter erstreckte.

Auf der schwarzen Tafel an der Wand hinter ihm stand das Tagesmenü:

Andouillette-Wurst mit Senfsoße und
gedämpften Kartoffeln
Pfannkuchen mit Früchten der Saison

Der Alte konnte sich ein Lächeln nicht verkneifen.

Die Hand, welche diese Worte geschrieben hatte, war neu. Sicher ein Praktikant. Die Schrift wirkte harmlos, hatte jedoch ein paar Schwachstellen, in die er seinen Geist eindringen ließ, um die Persönlichkeit ihres Schöpfers zu durchleuchten.

Die i-Tüpfelchen auf den Wörtern »Andouillette« und »Saison« waren nach rechts gerutscht. Die Kurven von »s« und »e« waren nicht vollendet, und der Abstrich der zwei »m« im Text zeugten von Schwierigkeiten des

Schreibenden, seiner Arbeit gerecht zu werden. Die meiste Aufmerksamkeit widmete er aber immer dem »p«. Der Alte liebte das »p«, denn vom sechzehnten Buchstaben des Alphabets konnte man äußerst viel ablesen. Neigungsachse, Rundung des Bauches und Unterlänge verrieten jedes Mal eine ganze Menge. Hier ging der Bogen des Großbuchstabens in »Pfannkuchen« fast ganz um den Grundstrich, im Gegensatz zu dem »p« in »gedämpft«, dessen Bauch leicht vom vertikalen Grundstrich abgerückt war. Er hatte wohl schnell fertig sein wollen, dieser Küchenjunge, überlegte er weiter. Die Schrift, die zu Beginn relativ akkurat wirkte, wurde zum Ende hin fahriger und kraftloser. Dem Kerl, der das geschrieben hatte, fehlte es an Selbstvertrauen und Beharrlichkeit, da gab es keinen Zweifel. In seinen Augen war es letzten Endes die fade Schreibe eines Menschen, der ihn nicht weiter interessierte.

Während er sein Glas zum zweiten Mal füllte, rief sich der Alte seine erste Handschriftenanalyse in Erinnerung, die er vor zweiundsiebzig Jahren auf einer schwarzen Tafel durchgeführt hatte. Mit gerade mal acht Jahren hatte er damals die Schrift von seinem Grundschullehrer, Monsieur Dutrilleux, auseinandergenommen und dessen psychologisches Profil erstellt: Demzufolge ließ sich

Dutrilleux' Drang, es im Leben zu etwas zu bringen, nur mit seiner Neigung zum Scheitern messen, und hinter seiner freundlichen Fassade verbarg sich ein überdimensioniertes Ego.

Seine Unverfrorenheit hatten dem Kind fünfhundert Zeilen und zwei Nachmittage Nachsitzen eingebracht. Angesichts seiner ihn erschreckenden Frühreife hatte der Lehrer zudem seine Eltern einbestellt, Eltern, die im Leben noch nie was von Graphologie gehört hatten und nicht einmal ahnten, dass eine solche Wissenschaft existierte.

Trotz des Nachsitzens und der Gürtelschläge seines Vaters konnte das Kind es sich jedoch nicht verkneifen, seine sonderbare Gabe weiter zu benutzen. Jedes Mal, wenn einer seiner Kameraden an die Tafel musste, zerlegte er ihre Schrift mit chirurgischer Präzision, bevor er daraus das psychologische Profil des Unglücklichen ableitete, und wenn es dann zur Pause läutete, beeilte sich der Graphologe in spe, sein Opfer zu finden, um ihm das Ergebnis der Analyse zu verkünden.

Niemand aus der Klasse blieb verschont. Weder die Heulsuse Mauguier noch die eingebildete Hélène Quirin, der ewige Streber Vincent Gendron oder der Unschuldsengel Sophie Bargeol. Und so dauerte es auch nicht lange, bis alle Angst vor ihm hatten.

Dieses tiefe innere Bedürfnis, jede Schrift zu zerpflücken, um in das Innere der anderen vorzudringen, hatte ihn zum Außenseiter gemacht. Er, die bebrillte Bohnenstange, die alle gerne quälten, hatte an dem Tag, als seine Gabe offenkundig wurde, beobachten können, wie das Blatt sich wendete. Selbst der dicke Bertillac, der immer Streit suchte, mied ihn nun wie die Pest. Er hatte die Angst in ihren Augen lesen können. Wenn er näher kam, stoben Jungen wie Mädchen in alle Richtungen auseinander wie ein Schwarm aufgeschreckter Spatzen. Und so merkte er, dass er tief verankert in seinen Genen eine Macht besaß, die diese ganzen Nieten um ihn herum niemals haben würden.

Abgelehnt und gemieden wie Ungeziefer, zog er sich darum schließlich ganz in sich zurück, das Herz voller Ingrimm. Seither ruhte er nicht und forschte nach der teuflischsten aller Kalligraphien. Die edlen Seelen waren ihm unerträglich. Nur ein tiefschwarzer, bösartiger Geist vermochte, sein Interesse zu wecken.

Jahrelang hatte er am Ufer der Seine in den Kisten der Bouquinisten gestöbert, hatte hemmungslos und gierig alte Postkarten gelesen, auf denen das Geschriebene oft älter als ein halbes Jahrhundert war. Hin und wieder hatte ihn seine Suche dabei auch tatsächlich an die Pforte des Bösen geführt. Diese in tiefschwarzer Tinte versteckten Hinweise auf die Finsternis, diese Fragmente der Boshaftigkeit auf staubigem Papier wahrte er dann immer sorgsam auf.

Im Laufe der Zeit wurde er der durch die Jahre ausgebleichten Schriftzüge jedoch überdrüssig. Er brauchte etwas Lebendiges, musste eine sprudelnde Quelle frischer Schriften finden.

Ein harmloses zusammengeknülltes Stück Papier, das er auf dem Bürgersteig gefunden hatte, brachte ihm die Eingebung. Eine ungeschickte Hand hatte darauf eine lange Liste mit Lebensmitteln geschrieben. Ein unscheinbarer Einkaufszettel, und dennoch so voller Leben, ein graphologischer Augenschmaus!

Die Markthalle hatte sich ihm darum geradezu aufgedrängt. Und auch wenn er die seltene Perle bislang noch nicht gefunden hatte, gab er die Hoffnung doch nicht auf, dort irgendwann noch auf das begehrte Juwel zu stoßen.

Nachdem der Alte einen letzten Schluck genommen hatte, verließ er die Brasserie. Das Marktgeschehen war in vollem Gange. Wie jeden Donnerstag würde er geduldig warten müssen, bis der Trupp von Hausfrauen und Touristen die Halle verlassen hatte und die Gänge den ganzen Abfall preisgaben.

In der Zwischenzeit setzte er sich auf eine der Bänke

unter der großen Uhr und ließ sich von dem Stimmengewirr um ihn herum in den Halbschlaf wiegen. Um kurz vor dreizehn Uhr, als die letzten Kunden zum Ausgang steuerten, streckte er sich, krempelte seine Ärmel hoch, die zwei abgemagerte Unterarme freilegten, zog ein paar Arzthandschuhe aus seiner Manteltasche und streifte sie über. Ihm blieb genau eine halbe Stunde, bevor der Reinigungstrupp in Aktion trat.

Langsam schritt der spindeldürre Alte den ersten Gang entlang, die Augen auf den Boden geheftet, auf der Jagd nach weggeworfenen Einkaufszetteln. Mit seinen ein Meter neunzig und dem vorgeneigten Kopf ähnelte er dabei einem Reiher, der das Ufer eines Teichs nach Futter absuchte. Von Zeit zu Zeit blieb er stehen, bückte sich, um ein Stück Papier aufzuheben, und schob nach einem schnellen Blick den Fang entweder in seine lederne Umhängetasche oder warf ihn zurück auf den Betonboden, bevor er seinen stelzvogelartigen Beutezug erneut aufnahm. Er ging jeden Gang der Markthalle systematisch ab und sammelte dabei Dutzende von Notizzetteln, oft halb zerrissen, schmutzig und ganz klebrig, zertreten von einem Heer von Schuhen.

Danach ging der Alte entschlossen zum Ausgang. Die gewaltige grüne Plastikmülltonne rechts vom Eingangstor war manchmal voller ungeahnter Schätze. Er hob den Deckel hoch und warf einen fiebrigen Blick auf den Abfallberg, so wie ein Goldgräber auf den Sand in seinem Sieb stierte. Mit beiden Händen wühlte er im Unrat und entriss dem stinkenden Magma ein weiteres Dutzend Papierschnipsel, das in seinen Augen einer näheren Betrachtung wert war.

Nachdem er sich versichert hatte, dass ihm bei seiner methodischen Durchforstung kein Zettel entgangen war, zog er die Handschuhe aus, warf sie in den Mülleimer, zurrte sorgfältig die Lasche seiner Umhängetasche fest und machte sich mit seinem Fang auf den Heimweg.

Eine Stunde später schloss er die Tür seiner Wohnung hinter sich, und ohne sich die Zeit zu nehmen, seinen Mantel oder zumindest die Mütze abzulegen, zwängte er sich zwischen den Papierstapeln und Archivkisten hindurch zu seinem Stehpult, das ihm als Schreibtisch diente.

Er fuhr mit der Hand ein erstes Mal in die Tasche. Sein Mund verzog sich beim Anblick des zerknitterten Papiers zu einem gierigen Grinsen. Nachdem er den Zettel auseinandergefaltet und vorsichtig glattgestrichen hatte, beugte sich der Alte neugierig darüber.

Karotten, Lauch, Endifiensalat
Perlhuhn
Seehechtfilets + Lachx, Krabben
Käse (Brie, Tome, Comté)
3 Bagettes + 1 Landbrot geschniten

Im Laufe der Jahrzehnte hatte er gelernt, die Wörter vollständig zu abstrahieren, um seine ganze Aufmerksamkeit auf die Schrift lenken zu können. Rechtschreibfehler durften auf keinen Fall in seine Wertung eingehen. Ein paar Sekunden der Analyse genügten ihm normalerweise, um einen allgemeinen Eindruck zu bekommen, darauf zerknüllte er das Blatt, schnipste es auf den Holzfußboden, und schon fischte seine Hand nach dem nächsten Exemplar. Jeder neue Zettel versetzte ihm einen leichten Adrenalinstoß.

Der Alte verbrachte den ganzen Nachmittag damit, das Geschriebene zu zerpflücken. Aber einmal mehr hatte er nur einen Haufen dürftigen Gekritzels in seinen Schlupfwinkel getragen.

Bitter enttäuscht hob er den Kopf und betrachtete die Wand gegenüber. Dort befand sich, wie zarte Schmetterlinge auf den Putz gespießt, die magere Ausbeute eines ganzen Lebens der aufreibenden Suche. Voller Wut riss der Alte die paar jämmerlichen Trophäen ab und zerriss sie mit seinen knochigen Fingern. Wie zwei große wilde Mühlräder fuhren seine Arme dabei durch die Luft, in seinem Elan riss er sogar den Becher mit Bleistiften um, der neben der alten Schreibmaschine stand. Dieser Becher, der ihn bis in den Schlaf verfolgte und verspottete und den ganzen Tag über seine Minen und Spitzen wie giftige Dornen auf ihn richtete.

Denn schon seit langer Zeit schaffte es der Alte nicht mehr zu schreiben. Sobald sich seine Hand einem Bleistift näherte, begann sie, unbeherrschbar zu zittern. Kurz bevor seine Spitze dann das Papier berührte, trat eiskalter Schweiß auf seine Stirn, und sein Magen krampfte sich derart schmerzhaft zusammen, dass er zum Waschbecken hetzen musste, weil ihm die Galle hochkam. Nach dem letzten Versuch war er tagelang starr vor Angst und entkräftet gewesen.

In seinem Zorn schnappte er sich nun den erstbesten Bleistift und brach ihn entzwei. Das trockene Knacken erfüllte ihn mit tiefster Befriedigung. Die Geste war so plötzlich gewesen, dass Krämpfe und Übelkeit keine Zeit gehabt hatten, ihn zu überkommen.

Mit vor Anstrengung verzerrtem Gesicht zerbrach der Alte danach jeden Kugelschreiber, jeden einzelnen Stift, ja sogar das Plastiklineal, das zwischen seinen Händen in zwei Teile zerbarst. Dann beugte er sich hinunter, packte den Archivstapel zu seinen Füßen und warf ihn mit all seiner Kraft hoch an die Decke, wonach er beinahe in dem herabfallenden Blätterschnee versank. Minutenlang zerstörte der Alte alles um sich herum. Wie im Rausch wirbelte er durch das heillose Durcheinander, stieß Kartons um, zog Bücher aus den Regalen, zerriss Ordner, schmiss mit beiden Händen stapelweise Postkarten in die Luft, die danach kunterbunt auf ihn herunterregneten.

Der Alte lachte, weinte, knurrte, schrie. Als er den x-ten Karton aufriss und dessen Inhalt um sich warf, hielt er jedoch plötzlich inne: Vor ihm lag ein seit Ewigkeiten dort verstautes blaues Heft. Bei dessen Anblick blieb dem Alten kurz das Herz stehen. Vorsichtig und sanft holte er es heraus und begann zu blättern.

Émile Monestier, Klasse CE2. Donnerstag, 12. April 1938. Diktat.

Er ließ sich auf den Boden sinken und betrachtete die Schrift.

Und da endlich war sie: Vor seinen weit aufgerissenen Augen sah er die Handschrift, die er sein ganzes Leben lang gesucht hatte.

Hasserfülltes Gekritzel, violette Schnörkel, die sich über das Papier schlängelten und vor Niedertracht zischten, vor Geiz amputierte Stummelfüße, Punkte wie ausgespuckt. Seite um Seite breitete sich die wirre Schrift eines vom Irrsinn zerfressenen Schülers vor ihm aus.

Sechsundsiebzig Jahre nachdem er dieses Heft vollgeschrieben hatte, versank Émile Monestier endlich ganz und gar in der Betrachtung seiner eigenen Seele.

EFTPFLASTER

Seit heute Morgen kreischen die Engel in meinem Kopf.

Schuld daran ist das Heftpflaster.

Zuvor haben sie tagsüber nur leise gequiekt, wie Mäuse in der Falle oder wenn die Katze eine von ihnen noch lebend ins Haus bringt und mit ihr spielt. Aber seit sie das Pflaster gesehen haben, kreischen die Engel. Kreischen so schrill, dass man am ganzen Körper eine Gänsehaut bekommt, wie wenn die Kreide der Lehrerin über die Tafel kratzt, begleitet von ihren Fingernägeln.

Sie hat wieder mit mir geschimpft, die Lehrerin, wie jedes Mal, wenn die Engel Radau machen.

»Schläfst du schon wieder, Lisa Dupuis?!«

Wie immer schrecke ich hoch.

Die Arme vor der Brust verschränkt sieht Mademoiselle Brunet mich vom Lehrerpodest aus mit ihrem ganz speziellen Mit-mir-nicht!-Lächeln an. Vor mir sind alle Arme in die Höhe gereckt, ein Wald von weißen Armen und in den Händen schwarze Schiefertafeln, die über den Köpfen wie Blätter im Wind wiegen. Die Arme sinken nun nach unten. Die ganze Klasse schaut mich an.

Lisa, der Sonderling. Auf einmal scheint die ganze Welt stillzustehen und darauf zu warten, dass Lisa Dupuis der Lehrerin antwortet, damit sie sich weiterdrehen kann. Da breche ich ungewollt in Tränen aus.

»Spar dir deine Krokodilstränen!«, herrscht Mademoiselle Brunet mich augenblicklich an. Das sagt sie immer, wenn jemand zu heulen beginnt. Ich glaube, es ist ihr Lieblingssatz.

Sicher hat Mademoiselle Brunet noch nie ein Krokodil gesehen. Ich aber habe mir mal eines mit Mama im Naturkundemuseum angeschaut. Ein großes, ausgestopftes, das sechs Meter lang war, und es hatte das Maul noch voller Zähne. »*Crocodylus Niloticus*« stand auf dem Schild, und ich hatte nicht den Eindruck, dass es leicht in Tränen ausbricht, dieses *Crocodylus Niloticus*.

Es nervt sie, die Lehrerin, dass sie nicht weiß, warum

ich weine. Sie erträgt es nicht. Sie, die die Namen aller hundert französischen Departements, die ganzen Rechenregeln und die Daten sämtlicher Kriege auswendig kennt, die mit geschlossenen Augen alle Könige Frankreichs aufzählen kann und genau weiß, wo welche Bäume wachsen und warum Meerwasser salzig ist, sie würde nur zu gern wissen, warum ich ständig wegen nichts und wieder nichts zu schluchzen anfange. Ich hätte der Lehrerin gern erklärt, dass ich mich ungerecht behandelt fühle, da man gar nicht schlafen *kann*, wenn man lauter Engel im Kopf hat, die einen fürchterlichen Spektakel machen und mit ihren Flügeln ständig gegen die Schädeldecke knallen!

Nein, ich schlafe nicht, ich hab nur den Kopf in den Wolken, das ist alles. So hat es der Schulpsychologe Mama erklärt. Ich nenne ihn heimlich Herrn Eule. Der kleine, kugelrunde Mann mit den runden Brillengläsern auf der Nasenspitze, von denen man immer denkt, dass sie gleich runterrutschen, hat nämlich große durchdringende Augen, die ständig versuchen, in meinem Innern zu lesen, und er spricht mit mir wie der Doktor bei der Impfung, wenn er behauptet, dass die Spritze nicht wehtun wird, was dann aber nicht stimmt, impfen tut immer höllisch weh.

Beim letzten Mal hat Herr Eule mich gebeten, etwas zu zeichnen, und mir eine Schachtel Filzstifte hingelegt.

Sie waren alle angekaut, die Stifte. An den Plastikdeckeln waren Zahnspuren zu sehen. Einfach ekelhaft. Ich habe eine Grimasse gezogen und mich gefragt, in wie vielen Kindermündern sie bereits gesteckt hatten, mich dann aber doch ans Werk gemacht und die Scheune mitten im Feld gemalt und am Himmel darüber die Engel. Das Braun der Scheune ist dabei in das Gelb des Rapses gelaufen, sodass es aussah wie ein Schiff auf einer schmutzigen Pfütze. Als der Psychologe danach sagte, dass ich sehr hübsche Vögel gezeichnet hätte, habe ich begriffen, dass er gar nicht in meinen Kopf hineinsehen kann, der Herr Eule, sonst hätte er nämlich bemerkt, dass das Engel waren.

»Ihre Tochter leidet an Aussetzern«, hat er Mama hinterher erklärt. Ich hätte ihm gern erklärt, dass diese Aussetzer nicht wehtun. Im Gegenteil, es ist, wie allein in die Ferien zu fahren, weit weg, an einen Ort, an dem mich die Engel ein wenig in Ruhe lassen. Denn es sind zwar Engel, doch da sie dauernd wie Babys heulen, macht mich das einfach fertig.

In der Nacht, als sie in meinem Kopf einzogen, blutete ich aus der Nase. Mama meinte, dass es daher käme, weil ich am Nachmittag zu lange in der Sonne war; ich hatte im aufblasbaren Wasserbecken herumgeplanscht, das Papa Jean für mich gekauft hatte. Ich glaube ja eher, dass sie mit ihren winzigen Händen innen an meinem Kopf gekratzt haben, um sich darin ihr Nest zu bauen, denn sie scheinen nicht mehr gehen zu wollen.

Das habe ich Herrn Eule aber nicht gesagt. Nicht einmal Mama. Es würde nichts nützen. Denn außer mir hört niemand die Engel, die sich wie Sardinen in meinem Kopf drängeln, das merke ich wohl. Nachts machen sie den größten Krach. Tagsüber, in der Schule, bei meinen Freundinnen, ziehen sie sich in den hintersten Winkel zurück, aber sie verschwinden nie ganz. Sie bleiben da, Flügel an Flügel, und zittern vor Angst. Wenn alles ruhig ist, kann ich sie sogar schniefen hören. Deshalb mag ich Musik. Bei Musik beruhigen sie sich – und ich habe weniger Kopfschmerzen.

Aber wenn die Nacht hereinbricht, kommen sie wieder in Bewegung und flattern hektisch umher wie die Mücken, die im Sommer auf der Veranda um die Glühbirne schwirren. Und sie kreischen dabei, denn sie haben Angst, sie haben solche Angst, dass sie sich in ihre Engelshöschen machen. Sie haben Angst vor dem grünen Ungeheuer.

»Schhh, leise!«, sage ich dann immer zu ihnen, »nicht kreischen, sonst hört es euch mit seinen großen Ohren, die in den Kopf von kleinen Mädchen hineinhören können, so wie man das Meer in einer Muschel hört, und kommt dann durch die Türen des Schlafs, um uns mit seinen verfaulten Zähnen zu beißen und aufzufressen, euch, mich und sogar Mama.«

Papa Jean hat mir das gesagt. Papa Jean ist nett. Seit Mama ihn geheiratet hat, lächelt sie die ganze Zeit. Und er kauft mir dauernd Geschenke. Mama sagt zwar immer, dass er mich zu sehr verwöhnt, aber er hört mir zumindest zu und schimpft nicht ständig mit mir wegen nichts und wieder nichts.

Deshalb habe ich es auch nicht ihr, sondern Papa Jean erzählt, als das grüne Ungeheuer nachts zum ersten Mal aufgetaucht war. Ich hatte zwar Bammel, dass er sich über mich lustig macht und sich lachend auf die Schenkel klopft, aber nichts dergleichen passierte, im Gegenteil. Er hat mir sofort geglaubt, es nicht mal infrage gestellt, ja ich hatte sogar den Eindruck, dass das grüne Ungeheuer auch ihm ein bisschen Angst gemacht hat, das habe ich an seinen Augen gesehen. Wortlos hat er mich sanft in die Arme genommen und fest an sich gedrückt; normalerweise macht er dabei immer Faxen, aber an jenem Tag ist er lange Zeit still geblieben. Ich hatte Papa Jean noch nie so ernst erlebt, und meine Haut kribbelte. Sogar die Engel waren verstummt, als sie sahen, wie komisch er schaute, so als wollten auch sie hören, was er dazu zu sagen hatte.

Nach einer Weile schlossen sich seine Finger um meinen Arm, und er sah mir tief in die Augen. Und dann erklärte er mir, dass das grüne Ungeheuer nur in meinem Kleine-Mädchen-Kopf existiere. Ich konnte allerdings nicht begreifen, wie so ein großes grünes Ungeheuer in den Kopf eines achteinhalbjährigen Mädchens passte, und das brachte ihn letztlich zum Lächeln, und damit ich es verstand, verglich er es mit dem Dschinn in Aladins Lampe. Das grüne Ungeheuer sei wie ein unsichtbarer Geist, doch wenn ich in manchen Nächten stark von ihm träume, käme es durch die Türen des Schlafs aus meinem Kopf wie der Dschinn aus der Lampe. Darum könne ich es dann auch sehen, auch wenn es das Ungeheuer nicht wirklich gab, fuhr er fort. Es sei wie die Wasserpfützen, die man an sehr heißen Tagen manchmal auf der Straße sah. Sie seien dort, vor unseren Augen, kleine, hübsch glänzende Seen, und doch gab es sie nicht. Bei den Engeln und dem grünen Ungeheuer sei es genau dasselbe. Sie seien nur Geschöpfe meiner Fantasie. Manche Leute sähen Außerirdische, andere Gespenster – und ich eben grüne Ungeheuer.

Danach ließ Papa Jean mich allerdings versprechen, niemandem von ihm zu erzählen, nicht einmal Mama. Vor allem nicht Mama. Weil man mich für verrückt halten würde, für ein kleines Mädchen, das nicht mehr alle Tassen im Schrank hatte, weshalb man sich dann auch gezwungen sähe, mich in ein Irrenhaus zu sperren, in einen fensterlosen Raum mit Wänden so weich wie Hefezopf und mit lauter bösen, mit großen Spritzen bewaffneten Kollegen von Herrn Eule. Und so wurde das grüne Ungeheuer zu einem Geheimnis zwischen mir und Papa Jean.

Mama ist Krankenschwester. Sie arbeitet sehr viel, manchmal sogar nachts. Und das grüne Ungeheuer weiß das genau. Es kommt immer nur in den Nächten, in denen sie arbeitet, durch die Türen des Schlafs. Auch die Engel wissen das. An den Abenden, wenn Mama nicht da ist, kreischen sie lauter als sonst, sodass Papa Jean mir magischen Sirup gibt. Auch der magische Sirup ist ein Geheimnis zwischen uns. Er ist rosa, bitter und süß zugleich, und er macht ein pelziges Gefühl im Mund. Magisch ist er, weil er die Engel schläfrig macht und die Türen des Schlafs versperrt, damit das grüne Ungeheuer nicht rauskann.

Nichtsdestotrotz muss es die Schlüssel haben, denn es schafft es trotzdem immer wieder, aus meinem Kopf zu kommen.

Erst gestern Abend wieder.

Es hat gewartet, bis es in meinem Zimmer stockdunkel war und die Engel schliefen. Ich wachte davon auf, dass ich Durst hatte; meine Zunge war dick und trocken wegen des Sirups. Auf einmal fing das Schlüsselloch an zu leuchten wie eine winzige Sonne, die ein paar Sekunden später auf der Wand über dem Bett zu einem großen gelben Rechteck wurde, bevor die Dunkelheit sie wieder verschluckte. Als das Parkett knarrte, wusste ich, dass es rausgekommen war. Es war, als schlüge jenseits meines Kopfes ein weiteres Herz.

Ich sagte mir immer wieder, dass es das Ungeheuer nicht gab, dass es nur ein Geist aus meinem Kopf war, und manchmal blieb es auch am Fußende des Betts stehen, schwer atmend, bis es nach einer Weile wieder verschwand. Aber gestern Abend, als die Matratze unter seinem Gewicht nachgab und seine großen Pranken über mein Haar strichen, wusste ich, dass es diesmal nicht dabei blieb und es mich wieder in die Scheune mitnahm.

Als die Bettdecke meine Beine herunterrutschte, fühlte es sich an wie eine zurückgehende Welle. Seine kräftigen Arme schoben sich unter mich wie zwei riesige kalte Schlangen, und ich kniff ganz fest die Augen zusammen, um seine scheußliche Fratze nicht sehen zu müssen.

Es riecht nach Gummi und hat knallrotes schulterlanges Haar, und seine Haut ist grün und mit Pusteln übersät wie bei einer Kröte. In der Mitte sitzt eine gebogene

Nase, die wie ein giftiger Dartpfeil auf mich zielt, und zwei lange gelbe Zähne ragen ihm seitlich aus dem Mund. Aber am schlimmsten sind die Löcher anstelle der Augen. Sie sind wie zwei tiefe schwarze Brunnen, auf deren Grund glühende Kohlen liegen.

Es nahm mich auf seine Arme und trug mich aus dem Haus.

Draußen war es kalt. Ich konnte den Kies unter seinen Schuhen knirschen hören. Seine Fratze über mir war ein großer grüner Fleck, aus dessen Rachen Dampfwolken hoch zu seiner roten Mähne stiegen.

Der Mond schien hell am Himmel. Ein runder Pfannkuchen von schöner goldgelber Farbe, dachte ich, als die Scheune sich in mein Blickfeld schob. Das grüne Ungeheuer versetzte der Tür einen Tritt, worauf sie knarrend aufsprang. Drinnen stank es nach ranzigem Schmieröl, sodass ich schon glaubte, mich übergeben zu müssen. Das kam vom Traktor und der Maschine, die die Heuballen formte. Das grüne Ungeheuer warf mich über die Schulter, um die Leiter hochzuklettern, und ließ mich oben dann in einen Heuhaufen fallen, worauf ich wegen des aufwirbelnden Staubs husten musste.

Einen Moment später hörte ich so etwas wie das Rascheln von Stoff, und gleich darauf drückte das grüne Ungeheuer mich ins Heu. »Mein Engel, mein kleiner

Engel«, flüsterte es mit heiserer Stimme. Es sagte immer das Gleiche, vergiftete Wörter, die nicht gut rochen, Wörter, die nach kaltem Zigarettenrauch und vergorenem Bier stanken.

Durch die Bretterwand der Scheune konnte ich über mir ein Stück Himmel sehen, und da habe ich sie entdeckt: lauter kleine weiße Punkte, die in der Dunkelheit leuchteten. Es waren die Engel, die Engel, die aus meinem Kopf geflohen waren und sich mit ihren winzigen Händen an das schwarze Laken klammerten, das die Nacht über den Himmel gespannt hatte, um die Erde zum Schlafen zuzudecken! Inständig betete ich, dass sie nicht zu kreischen anfingen, damit das grüne Ungeheuer sie nicht bemerkte und wütend das Laken schüttelte, sodass sie runterfielen. Das hätte einen Regen von kleinen Engeln gegeben, die überall mit einem leisen Platschen aufgeklatscht wären, und da ich nicht wollte, dass das grüne Ungeheuer ihnen wehtat – habe ich zugebissen. Mit aller Kraft bohrten sich meine Zähne in seine Pranke wie in einen verdorbenen Apfel, und augenblicklich hatte ich einen merkwürdig metallischen Geschmack im Mund, aber ich öffnete trotzdem nicht meinen Kiefer.

Vor Wut knurrend packte es mich mit der freien Hand an den Haaren und drückte mein Gesicht ins Heu, bis ich losließ, weil ich keine Luft mehr bekam. Es pikte wie zigtausend Nadeln, und ich verschluckte eine große Menge Staub, die mir in Mund und Nase drang, bevor die Türen des Schlafs sich gnädig über mir schlossen.

Heute Morgen hat mich die Sonne geweckt. Sie fiel in schönen, von den Fensterläden geschnittenen Lichtstreifen auf das Bett. Ich fühlte mich wie gerädert, mir tat alles weh. Meine Kehle brannte, meine Augen juckten, als wären sie voller Sand, und beim Aufstehen drehten sich die Wände des Zimmers, als säße ich in einem Karussell.

Nichtsdestotrotz schaute ich als Erstes überall nach, ob das grüne Ungeheuer noch da war. Ich öffnete den Schrank, blickte unters Bett – fand aber nur Wollmäuse.

War es in meinen Kopf zurückgekehrt?

So wie die Engel, die einmal mehr hinter meiner Stirn quengelten?

Müde schleppte ich mich in die Küche. Papa Jean hatte mir ein leckeres Frühstück zubereitet, aber als ich die Pfannkuchen auf meinem Teller sah, kam mir wieder der Mond in den Sinn, und ich fing an zu weinen und erzählte ihm alles.

Um mich zu beruhigen, ließ er mir ein Bad ein. Das warme Wasser tat mir gut. Ich schrubbte meine Haut so lange, bis sie krebsrot war, und dennoch bekam ich den schrecklichen Gestank des grünen Ungeheuers einfach nicht weg, ich roch ihn nach wie vor, versteckt unter all dem Seifenschaum. Danach putzte ich mir die Zähne mit viel Zahnpasta, um das Gift im Mund loszubekommen. Die Minze brannte zwar auf meiner Zunge, aber das war trotzdem besser als dieser Geschmack von altem, verrostetem Eisen. Erst als ich mir saubere Sachen anzog, merkte ich, dass die Engel verstummt waren.

Eine Viertelstunde später brachte Papa Jean mich zur Schule. Er pfiff laut beim Fahren. Von meinem Kindersitz aus betrachtete ich die vorbeiziehende Landschaft und frisierte nebenher meine Puppe. Wir fuhren so nah an der Scheune vorbei, dass ich die Dunkelheit durch die Bretter sehen konnte. Auch das grüne Ungeheuer war noch dort, da war ich mir nun sicher. Mit seinen verfaulten schrecklichen Zähnen grinste es mir zu und wartete begierig auf die nächste Nacht, um mich wieder heimzusuchen. Womöglich hatte Papa Jean sich ja geirrt. Vielleicht blieben die Ungeheuer aus den Köpfen der Kinder manchmal für immer draußen.

Einmal mehr war mir zum Heulen zumute, weshalb ich während der restlichen Fahrt wohl auch wieder einen Aussetzer hatte. Und das war gut. Ich hörte das Radio nicht mehr und war vollkommen gefühllos wie meine Puppe.

Als ich die Augen wieder öffnete, lächelte mir Papa Jean im Rückspiegel zu. Wir waren da.

Ich schnallte mich los, drückte ihm ein Küsschen auf die Wange und riss die Wagentür auf, worauf mit einem Schlag die Schreie der Kinder im Schulhof an meine Ohren drangen.

Bevor ich durch das Tor trat, drehte ich mich noch einmal um.

Papa Jean streckte die Hand aus dem Fenster, um mir zum Abschied zuzuwinken.

Und genau in dem Moment begannen meine Engel zu kreischen – als sie das große hellbraune Heftpflaster sahen.

MOSKITO

> Un silbo que aposenta su medida
> en el aire acordado de la suerte,
> un pase de la luz al de la muerte
> o en alas de la sombra al de la vida.
> Aus: Rafael ALBERTI, ›*La música callada del torero*‹

Alle hatten an diesem wundervollen Pfingstsonntag auf den Weihnachtsmann gehofft. Auf den Weihnachtsmann, der uns einen ganzen Sack voll abgeschnittene Ohren bescherte, vielleicht sogar ein oder zwei Stierschwänze.

Das war uns der Alte mit dem Rauschebart schuldig, schließlich war es nun schon über drei Jahre her, dass Javier Sanclemente zum letzten Mal in die Stierkampfarena von Nîmes eingezogen war. Drei verdammte Jahre mussten wir auf den legendären »Engel von Sevilla« und sein meisterliches Können warten! Vom ersten Augenblick an vermochte der legendäre Matador die Zuschauer in Trance zu versetzen, und das mit so sparsamen Bewegungen, dass es schon an Schamlosigkeit grenzte. *El Ángel,* der Engel, wie er genannt wurde, schien bei jeder ausgeführten Figur sein Leben zu lassen, um bei der nächsten umso machtvoller wiedergeboren zu werden. Diese Lichtgestalt des Stierkampfs war einfach ein immerwährendes Wunder und für viele ein personifizierter Gottesbote.

Als vor drei Monaten die Schalter öffneten, waren die Tickets für dieses traumhafte Kampfduell mit Esteban Villacampa, dem seit zwei Saisons aufsteigenden Stern am Stierkampfhimmel, innerhalb weniger Stunden ausverkauft. Ja, wir hatten wirklich alle auf den Weihnachtsmann gehofft, doch stattdessen hatte uns mitten in der *faena* des »Engels von Sevilla« der Sensenmann höchstpersönlich beehrt.

Es war nur eine Stippvisite, denn er braucht nie viel Zeit, Gevatter Tod. Nicht länger, als der Kampfstier braucht, um seinen Kopf zu heben. Er benötigt lediglich eine winzige Lücke im Zeitkontinuum, in die er sein verdammtes Sensenblatt schieben kann. Normalerweise bekommt er das gut alleine hin, wenn ihm aber ein Versager wie ich dann auch noch Schützenhilfe leistet, lässt er sich erst recht nicht lange bitten, egal ob das nun ein fatales Versehen war, ein Unfall oder Vorsätzlichkeit. Mein »Aber ich hab es doch nicht mit Absicht getan!« geht diesem ausgemergelten Drecksack am Arsch vorbei. Ein fataler Schnitzer von Gaétan Vignal – pff, nicht sein Problem; er ist nun mal allzeit bereit, und wenn sich die Gelegenheit bietet … Und dann noch bei einem solchen Torero! Vor mehr als dreizehntausend Zuschauern habe ich, Gaétan Vignal, dem Hurensohn von Todesengel in die Hände gearbeitet. Oh, nicht viel, aber genug, damit der Stier mit seinem rechten Horn die Eingeweide des »Engels« zerfleischen konnte.

Abhauen war das Erste, was mir in den Sinn kam, als das Unglück passiert war: Ich musste auf der Stelle aus dieser unheilvollen Arena fliehen und so viel Abstand wie irgend möglich zwischen mich und den entsetzlichen Anblick bringen, der sich der Menge durch meine Schuld bot.

Ich zögerte keine Sekunde, reagierte ganz mechanisch. Mit zittrigen Händen warf ich das Instrument in den Kasten aus dunkelrotem Samt, pfefferte die Noten obendrauf, klappte den tragbaren Notenständer zusammen und machte mich aus dem Staub, genau wie einer dieser Schurken in einem schlechten Gangsterfilm, der, nachdem er sein Opfer durchlöchert hat, den noch rauchenden Colt im Geigenkoffer versteckt und damit das Weite sucht. Ich habe nicht mal mehr einen letzten Blick auf das Bild des Grauens geworfen, denn ich wollte das heillose Durcheinander unten auf dem Platz unter keinen Umständen sehen. Während ich mich eilig davonmachte, rechnete ich die ganze Zeit damit, dass mich irgendwer packte und dingfest machte oder mein Chef mir nachschrie: »Verflucht, Gaétan, was hast du für einen Scheiß gemacht?!« – aber niemand bemerkte mein Verschwinden.

Das Tor D spie mich auf den Vorplatz der Arena, während die Menge, gelähmt vor Schreck, von den Rängen auf das Drama unten auf dem Sandplatz starrte. Am Rande eines Kollapses versuchten die *aficionados* zu verstehen, wovon sie gerade unfreiwillig Zeuge geworden waren, und wünschten sich gleichzeitig nichts sehnlicher, als dass es nur ein Traum war, dass das Horn sich gerade in die Brust von *El Ángel* gebohrt hatte mit kaum mehr

Schwierigkeiten als eine Messerspitze in einen Klumpen weicher Butter. Von einer Sekunde auf die andere von der rauschhaften Ekstase zu blankem Entsetzen zu wechseln betäubt ein paar Minuten den Verstand. Diese Zeitspanne musste ich nutzen, um mich in Sicherheit zu bringen, bevor sie gesammelt aus dem Albtraum erwachten und über mich herfielen; eine entfesselte Menschenmenge kann einen leicht lynchen. Vor allem, wenn sie wegen einer Niete wie mir gerade ihre schönsten Illusionen verloren hat.

Die Bronzestatue von Nimeño II, Frankreichs legendärstem Matador, glänzte im Schein der erbarmungslosen Mittagssonne, während ich über den Platz rannte. Auf dem Boulevard des Arènes schlängelte ich mich zwischen den Autos hindurch auf die andere Straßenseite, wo ich in die Rue Alexandre-Ducros abbog. Ohne langsamer zu werden, zwängte ich mich durch die kleine Traube von Touristen, die sich vor dem Stierkampfmuseum drängte, und hatte dabei nicht übel Lust, sie anzuschreien, dass, wenn ihnen nach Stierkampfkultur war, sie sich nur wenige Schritte von hier nach Herzenslust darin suhlen könnten, in einer ganz frischen, die noch nicht in einen staubgeschützten Schaukasten geräumt, sondern in zinnoberroten, dampfenden Lettern in den Sand der Arena geschrieben worden war. In jenem Augenblick wurde mir, glaube ich, bewusst, dass mein Leben gerade in zwei Hälften, zwei Welten gerissen worden war: in eine Welt vor dieser *cornada* und in eine danach, zerteilt durch ein in Javier Sanclementes Blut getauchtes, dreißig Zentimeter langes Horn.

Ich lief die Rue Jean Reboul hinunter und bog dann rechts in die Rue de l'Hôtel Dieu ein. Unsichtbar wollte ich werden, mich in Luft auflösen, nicht mehr als ein Schatten am Rand des Sichtfelds der Passanten, und keinesfalls dieser Kerl mit dem irren Blick und dem angsterfüllten Gesicht, der wie ein Bekloppter durch die Straßen rannte, einen Instrumentenkoffer unter dem Arm. Kein einziges Mal drehte ich mich dabei um, aus Panik, den Mob hinter mir herrennen zu sehen. Die Rue Dagobert verschluckte mich, bevor sie mich an der Rue Louis Laget wieder ausspuckte.

Endlich, Nummer 36. Immer zwei Stufen auf einmal nehmend, hetzte ich die Treppe zu meiner Wohnung hoch, einer kleinen Mansarde unter dem Dach. Niedrige Decke, knarzendes Parkett, altertümlicher Elektroheizkörper, ein undichtes Dachfenster, durch das, wenn der Wind nachhalf, der Regen reinkam, und im Sommer saugten die gebrannten Dachziegel die Sonne auf, bis sie den Raum in einen regelrechten Backofen verwandelt hatten. Dennoch waren mir die achtundzwanzig unters Dach gequetschten Quadratmeter nie so einladend vorgekommen wie heute.

Ich stürzte hinein wie ein flüchtendes Kaninchen in seinen Bau, heilfroh, in Sicherheit zu sein vor den Jägern, ihren Gewehren und Hunden, und drehte zweimal den Schlüssel herum, bevor ich mich schwer atmend, schweißtriefend und mit betonharten Beinmuskeln aufs Sofa fallen ließ.

Man sprintet keinen Kilometer wie ein sechs Wochen altes Wildkaninchen, ohne für sein ehemaliges Raucherdasein und die daraus resultierenden zehn Kilo zu viel auf der Waage Lehrgeld zu zahlen. Verstört und regungslos lag ich da, starrte auf die gegenüberliegende Wand und lauschte auf jedes Geräusch, welches die Jagdmeute ankündigen würde.

Sie würde nicht lange auf sich warten lassen.

Ganz sicher nicht.

Doch eine Stunde verging, dann zwei. Zwei endlose Stunden, in denen mein Schuldgefühl wie ein Krebsgeschwür unaufhörlich wuchs, genährt von meiner Angst.

Verdammt, wie hatte das nur geschehen können?!

Zwei Monate zuvor war niemand überrascht gewesen, als der Chef uns anwies, den ›Coralito‹ zu proben, nachdem er das Programm für Pfingsten gesehen hatte. Der Legende nach schenkte *El Ángel* seiner Mutter als

Baby das erste Lächeln, als er den berühmten Paso Doble von Juan Álvarez Cantos zum ersten Mal hörte, weshalb das Orchester ihm anlässlich seiner Rückkehr in die Arena von Nîmes diese Ehre erweisen sollte.

Und wir haben den ›Coralito‹ wahrlich geübt. Zwei Monate lang rauf und runter, Takt für Takt, Zeile für Zeile. Den Mund an mein Instrument gepresst, habe ich Juan Álvarez Cantos' Solo gespielt, wieder und wieder, bis ich es mit geschlossenen Augen konnte und mir die Lippen aufgeplatzt waren. Am Ende der zwei Monate war ich so bereit wie nie zuvor in meinem Leben.

Doch leider hatte ich die Rechnung ohne die Migräne gemacht, die sich, als ich heute Morgen aufwachte, hinter meinen Schläfen festgekrallt hatte – Überbleibsel einer durchtanzten und durchzechten Nacht. Ein Tanz, ein Mojito. Ein Tanz, ein Mojito. Ein Mojito, ein Tanz ... Ich trank, bis sogar das Tanzen nicht mehr ging.

Als ich heute Mittag auf die Tribüne stieg, erschien mir alles überdeutlich, fast schmerzhaft scharf. Die Farben waren zu grell, die Luft war zu durchscheinend, der Himmel zu blau, die Sonne zu heiß. Und obendrein hatte ich noch dieses schreckliche Gefühl, dass alles Üben umsonst gewesen war. Eine erste Trompete darf keinen Fehler machen. Zwar kann sie sich eine Zeitlang hinter den Posaunen, Klarinetten, Saxophonen und den Trommeln verstecken, aber es kommt stets der Moment, in dem sie hell, laut und kräftig alle anderen Instrumente übertönt.

Nach dem Einmarsch der Toreros klammerte ich mich an meine Noten wie ein Ertrinkender an seinen Rettungsring, und es lief tatsächlich alles gut – bis zum dritten Stier aus der Zucht von Victorino Martín mit dem schönen Namen »Andaluz«. Ein richtiges Geschenk vom Weihnachtsmann war dieses Tier: stattlich, mutig und kraftstrotzend, kurzum, ein Bild von einem Stier, wie er dem »Engel von Sevilla« gebührte. Zwischen dem Geruch der vielen Zigarren lag auf einmal etwas Besonderes in der Luft, wie der Duft der Apotheose. Ja, ein solcher Kampf roch nach der finalen Auslese.

Von Beginn des entscheidenden dritten Teils an, als alle in der Arena »*Muuussica!*« schrien und der Chef mit dem Taktstock den Einsatz für den ›Coralito‹ gab, versenkte ich mich ganz in die Partitur, ohne sie auch nur ein Achtel lang aus den Augen zu lassen. Augen, Lungen, Finger, mein ganzer Körper konzentrierten sich darauf, die Noten zu entziffern, dementsprechend die Ventile zu betätigen und ins Mundstück zu blasen. Das Publikum, den Stier, Javier Sanclemente, den azurblauen Himmel über unseren Köpfen: Alles hatte ich ausgeblendet, und vergessen war auch der Schraubstock, der bis dahin meinen Schädel im Griff gehabt hatte. Es gab in jenem Moment nur noch diese Kette aus ganzen, halben, Viertel-, Achtel- und Sechzehntelnoten, die sich über die auf dem Notenständer liegende Partitur ergossen und mich durch die Melodie trugen, während ich vom Chef nur noch den Arm wahrnahm, der sich von unten nach oben, von rechts nach links bewegte wie ein sich im Wind wiegender Olivenbaumzweig.

Es geschah im dümmsten Augenblick, mitten im »*Duo muleta* für Trompete«. Als ich die Note in die Luft schleuderte, begriff ich im selben Moment, dass etwas nicht stimmte, dass der Ton, der aus dem Instrument kam, nicht der richtige war und alles auf einmal furchtbar schief klang. Nur eine Sekunde später ertönte der Schrei. Dieser schreckliche Schrei, den ich mein Leben lang nicht vergessen werde, ein langer Entsetzensschrei aus zigtausend Kehlen gleichzeitig, der den Misston überdeckte, wie um ihn zu ersticken. Ich riss die Trompete von meinen Lippen, während Andaluz in der Mitte des sandigen Runds den »Engel von Sevilla« auf seinem Horn tanzen ließ und die übrigen Toreros mit ihren zweifarbigen *capas* angerannt kamen, um ihn abzulenken.

Ich öffnete das Dachfenster in der Hoffnung auf eine schwache Brise, die den Backofen ein wenig runterkühlte, als mich das Mobiltelefon in meiner Hemdtasche, frenetisch vibrierend, in die Realität zurückholte.

Ernesto. Wenn es jemanden gab, dem ich mich anvertrauen konnte, dann Ernesto. Als zweite Trompete betrachtete er mich ein wenig wie seinen großen Bruder.

Ernesto war besorgt.

»Alle haben sich gefragt, wo du steckst, Gaétan. Warum hast du dich wie ein Dieb davongeschlichen?«

»Wie ein Mörder hab ich mich davongeschlichen«, hätte ich ihm am liebsten entgegnet, servierte ihm dann aber stattdessen als Ausrede meine heftige Migräne, was von der Wahrheit ja nicht allzu weit weg war. Kurz war ich versucht, ihm von dem falschen Ton zu berichten, aber er ließ mich gar nicht mehr zu Wort kommen, wollte er mir doch unbedingt die Minuten nach dem Unglück schildern, dass *El Ángel* seinen letzten Atemzug tat, noch bevor er in die Krankenstation eingeliefert wurde, dass ein paar seiner Anhänger ihre Kleider zerrissen, so untröstlich waren sie … kein einziges Mal erwähnte er dabei die Musik oder deutete an, dass für das fatale Geschehen womöglich ich verantwortlich sei. Bevor er auflegte, sagte Ernesto noch, dass man den zweiten Stierkampf am späten Nachmittag abgesagt hatte. *The show can't go on!* Der Tod einer Legende war mehr als genug für einen Tag.

Doch ich hatte ihn leider nicht geträumt, meinen falschen Ton.

Ich schaltete den Fernseher ein. Überall die gleichen Bilder, die gleiche fürchterliche Szene in Dauerschleife: ein Matador, der wieder und wieder starb unter dem ebenso oft wiederholten Angriff des Stieres, *El Ángel* mitten in seiner *faena,* im Augenblick seines letzten Manövers mit dem roten Tuch. Das unmerkliche Zittern, das seinen ganzen Körper durchlief, sein Handgelenk, das sich lockerte, der Kopf, der sich kurz abwandte, unmittelbar bevor der Stier losstürmte: Jeder hatte eine Analyse parat, alle Welt suchte eine plausible Erklärung, aber niemand schien zu verstehen, wie es zu dem Unglück kommen konnte, selbst für die fachkundigsten Stierkampfexperten war es ein Rätsel. Am liebsten hätte ich ihnen entgegengeschrien, sie sollen ihre Ohren und nicht bloß ihre Augen nutzen und den Ton lauter stellen, in drei Teufels Namen. Nicht viel, gerade so, dass sie die komisch schiefe Note hörten, die Javier Sanclementes Trommelfell ebenso sicher einen Todesstoß versetzt hatte wie Andaluz' rechtes Horn eine Schrecksekunde später seinem Herzen.

In dieser verdammten Arena gab es nämlich sehr wohl einen, der ihn gehört hatte, meinen teuflisch falschen Ton – er, der »Engel von Sevilla« höchstpersönlich. Davon bin ich felsenfest überzeugt.

Alles an seinem Verhalten bestätigt dies. Das Anspannen der Brust, das leichte Herabsinken seines Arms, das brutale Zerreißen des unsichtbaren Bandes, das ihn mit dem Tier verband, als sein Blick das Orchester suchte, diesen roten Fleck in der Menge. Aber vor allem war da diese Überraschung, die ihm ins Gesicht geschrieben stand. Die schreckliche Verblüffung, die seinen ganzen Körper erfasste, als der unerwartete Misston erklang.

Ja, Javier Sanclemente kannte ihn auswendig, seinen ›Coralito‹, denn Juan Álvarez Cantos' Paso Doble war sein Glücksbringer. Er konnte ihn von Anfang bis Ende summen oder pfeifen, ohne eine einzige Note auszulassen. Der plötzliche Missklang hatte ihn erstarren lassen. Die Zeitlupe ist unerbittlich. Vollkommen perplex hatte er kurz gezögert und so den fatalen Spalt geöffnet, in den Andaluz dann mit beiden Hörnern hineingefahren ist, geritten vom König der Opportunisten, Señor Sensenmann.

Im Fernsehen folgte ein Zeugenbericht nach dem anderen. Alle erwähnten das plötzliche Zucken, das durch seinen Körper gelaufen war. Manche äußerten die Vermutung, dass vielleicht eine Wespe schuld war, eine verdammte Wespe, die unter seine paillettenbesetzte Weste gekrochen war und ihn im ungünstigsten Augenblick gestochen hatte; andere nahmen an, dass ihm wegen der Hitze schwindelig geworden war; ein paar gingen sogar so weit, einen Selbstmord in Betracht zu ziehen: Hinter jeder Mutmaßung lauerte jedenfalls die gleiche stumme Wut, eine Wut, die eine Legende nicht ohne echten Grund sterben lassen wollte. Fast eine Stunde lang klebte ich am Bildschirm, saugte jede Information auf. Niemand erwähnte den ›Coralito‹. Dreizehntausendfünfhundert Zuschauer, fast siebenundzwanzigtausend Ohren, wenn man die paar Tauben und Schwerhörigen abzog, die in einer solchen Menge immer vorhanden sein konnten – und keiner hatte meinen falschen Ton bemerkt.

Danach warf ich meine Uniform in den Korb mit schmutziger Wäsche und stellte mich unter die Dusche. Noch nie zuvor hatte mich das Rot meines Hemdes so sehr an die Farbe von Blut erinnert. Lange ließ ich das Wasser auf meinen Körper prasseln, bevor ich mich heftig mit dem Waschlappen abzurubbeln begann, um mich von meiner Schuld reinzuwaschen, während im Abfluss gurgelnd der Dreck und Schweiß des Tages verschwand. Danach zog ich Jeans, ein Leinenhemd und Stoffturnschuhe an und legte mir lässig einen dünnen Baumwollpullover über die Schultern, als sei ich direkt dem Frühjahr/Sommer-Katalog eines Herrenmodehauses entstiegen, sah man mal von meinem Bauchansatz ab.

Erst als der Tag sich dem Ende zuneigte, verließ ich meinen Bau und tauchte in das Brodeln der Volksfests ein.

In der erstbesten überfüllten Bar boxte ich mich zum Tresen durch, um etwas zu trinken zu bestellen, und hangelte mich anschließend von Bodega zu Bodega, mit dem einzigen Ziel, mir die Kante zu geben mit allem, was in Reichweite meiner Kehle kam, und so diesen Kloß aus Schuldgefühl, der mir die Luft nahm, in Alkohol zu ertränken und Hirn und Gewissen zu betäuben.

Rechts und links rief man meinen Namen. Gaétan hier, Gaétan da. Ich erwiderte den Gruß, stieß mit allen an, klopfte ihnen auf die Schultern – mit dem unguten Gefühl, zu simulieren, nur zu schauspielern. Dabei kam es natürlich immer wieder zum gleichen Verhör: »Gaétan, du warst doch dabei, was hast du gesehen?« Was ich gesehen habe? Ein Fis, das hab ich gesehen! Ein verdammtes Fis, das ich mit der ganzen Kraft meiner Lunge hinunter in die Arena geblasen habe, und einen Moment später wirbelte der Stier *El Ángel* auf seinem Horn durch die Luft. Das ist es, was ich gesehen habe!

Vor der berühmten Kneipe »Le 421« herrschte gedrückte Stimmung. Auch dort natürlich Trubel, Stimmengewirr, Alkohol, der in Strömen floss, und laute Musik, aber in der Luft lag dennoch eine gewisse Zurückhaltung. Schon leicht wankend hielt ich mich am Tresen fest und bestellte ein weiteres Glas Wein.

»Rosé, weiß oder rot?«, fragte der Kellner.

»Egal, nachts sind alle Weine grau.«

Der hinten in der Bar hängende Fernseher zeigte ein Standbild von dem leichenblassen, sterbenden Javier Sanclemente, der durch den *callejón* hinausgetragen wurde. Auf den Gesichtern der Helfer lagen Panik und Verzweiflung. Inmitten der unangemessen schillernden Farben ihrer Kostüme schien die bleiche Gestalt des »Engels von Sevilla« das ganze Licht des Himmels aufzunehmen. Es war ein Bild so erhaben wie Fra Angelicos ›Kreuzabnahme‹. Auf einmal war mir zum Heulen zumute.

Den Rest der Nacht versuchte ich, dieses Märtyrerbild, das sich in meine Netzhaut eingebrannt hatte, zu löschen. Zunächst Glas um Glas. Vergeblich. In manchen Nächten scheint sich einem selbst die Trunkenheit zu verweigern. Danach ließ ich mich im Hotel »Imperator« von der wogenden Masse der Tänzer verschlingen; ich wollte nur noch ein gefühlloser Körper sein, durchgeschüttelt von den Bässen eines ekstatischen DJs, ein Körper, in dem kaum mehr Leben steckte als in dem im Todeskampf zuckenden »Engel von Sevilla« nach der unglückseligen *cornada*.

Im Morgengrauen wankte ich nach Hause. Auf dem Boulevard Victor Hugo begegnete ich weiteren Zombies. Gleicher mechanischer Gang, gleicher abgestumpfter, glasiger Blick. Auf der Höhe der Kirche Saint-Paul stand ein

Zelt des Roten Kreuzes, in dem ein Dutzend Gestalten in Rettungsdecken eingewickelt auf Bahren lag. Ich hätte viel darum gegeben, eine dieser in Goldpapier eingezwirbelten Alkoholleichen zu sein, die in tiefer Besinnungslosigkeit verpuppt darauf warteten, neu geboren zu werden.

Fis! Ich schreckte aus dem Schlaf hoch, denn mit einem Schlag war mir bewusst geworden, dass es im Trompetensolo des ›Coralito‹ nicht die geringste Spur von einem Fis gab! Ein F, ja, eine schöne ganze Note, aber ein F ohne irgendein Kreuz davor, *nada de nada*.

Ohne Rücksicht auf meinen brummenden Schädel wälzte ich mich aus dem Bett und holte die Partitur hervor, um ganz sicherzugehen. Wie besessen blätterte ich die Seiten um und kniff dabei die Augen zusammen, um den verfluchten Schleier zu durchdringen, den meine Altersweitsichtigkeit nun schon seit fast einem Jahr vor meine Augen gezogen hatte; sie war wie ein Blutegel, der, einmal auf die Augen gelegt, einem die Sehschärfe aussaugte, was immer man dagegen auch tat.

Altersweitsichtigkeit: Das unausweichliche Los der über Vierzigjährigen. Sie hat mich aber noch nicht besiegt. Ich nehme dieses idiotische Schicksal nicht kampflos hin. Ein Jahr lang wehre ich mich nun schon mit Ausflüchten, meide mit Todesverachtung Telefonbücher und Medikamentenschachteln, stelle mich nah an die Lichtquelle und lasse die Arme länger werden, um noch scharf zu sehen.

Ich weiß wohl, dass der Zeitpunkt kommen wird, an dem ich meiner Umwelt nicht länger etwas vorspielen kann. Dann werde ich in die zweite Reihe versetzt und muss fortan die halbmondförmigen Gläser auf der Nasenspitze balancieren, deutliches Zeichen, dass ich mich dem Alter ergebe. Denn die Weitsichtigkeit gewinnt immer! Doch bis dahin schummle ich mich durch, vergrößere meine Partituren mit dem Kopierer auf hundertdreißig Prozent, Querformat. Das zwingt mich zwar, die Seiten ein wenig öfter als die anderen umzublättern, gewährt mir aber Aufschub für den Kneifer.

Mein Blick glitt über die Noten bis zu der schicksalhaften Stelle des »*Duo muleta* für Trompete«.

Das F war dort, ein auf der untersten Linie balancierendes Noten-Ei.

Und dann sah ich es.

Ein dunkles Gewirr aus mikroskopisch kleinen – Beinen und Flügeln!

Ein Moskito, ein verdammter zerquetschter Moskito direkt links vor dem F, der auf dem weißen Papier eine Alteration wie aus dem Bilderbuch zeichnete und so die Note um einen Halbton erhöhte.

Ein Moskito hatte aus einem F ein Fis gemacht.

Darum war dieser einzige verdammte Misston wie ein Schuss durch die Luft dieses Pfingstsonntags geknallt und hatte den legendären Javier Sanclemente mitten in seiner *faena* wie einen Engel im Flug zu Fall gebracht.

ZEITLOS

Während Samuel in der Erde grub, fiel ihm die berühmte Zeile aus Hamlets Monolog wieder ein: »Die Zeit ist aus den Fugen; o verfluchte Schicksalstücken, dass jemals ich geboren ward, um sie zurechtzurücken!«

Augenblicklich wurden seine alten Knochen von krampfartigem Lachen geschüttelt, das in einen rauen, trockenen Husten überging. Tja, was das Einrenken betraf, so renkte er die Dinge wahrlich wieder ein! Trotz seiner zweiundachtzig Jahre huschte ein spitzbübisches Grinsen über Samuels Gesicht. Mit dem Ärmel wischte er sich die schweißglänzende Stirn ab, rückte seine Kappe zurecht und bewunderte sein Werk.

Das Loch, das er geschaufelt hatte, hatte die Breite seiner Arbeitsschaufel, war gut einen Meter lang und fünfzig Zentimeter tief. Mehr als tief genug für eine solche Bestattung, dachte der alte Mann, während sein Blick zum Horizont glitt, wo die einsetzende Morgendämmerung bereits die ersten Sterne verschluckte.

Die Grabsteine um ihn herum glänzten vom Tau. Rasch beugte er sich wieder über seine Schaufel. Er musste sich beeilen. Denn die Müdigkeit und Last des Alters durften ihn nicht daran hindern, das einmal Begonnene zu Ende zu führen.

»Unsere Uhren stimmen nicht mehr überein.«

Der Satz war am Vortag aus dem Mund des Bürgermeisters höchstpersönlich gekommen. Ein Satz, der wie ein Eingeständnis des Scheiterns auf die zu diesem Anlass in der Sporthalle versammelten Bürger niedergegangen war, nachdem er seit fast einem Monat von einem zum anderen und von Straße zu Straße gewandert war und sich dabei so schnell ausgebreitet hatte wie die spanische Grippe. Zunächst nur ein Flüstern hinter vorgehaltener Hand, war er, genährt von den beunruhigten Einwohnern, im Laufe der Wochen immer lauter ausgesprochen worden, bis er wirklich jedes Heim erreicht hatte.

Als der Bürgermeister beherzt den Blick vom Rednerpult losgerissen hatte, um seinen Mitbürgern in die Augen zu schauen, setzte auf der Straßenseite gegenüber wie bestellt die Turmuhr der katholischen Kirche ihr Räderwerk in Gang. Nachdem er eine Minute lang stillgestanden hatte, war der große Zeiger langsam auf die XII geglitten, wo er nun vollständig den kleinen bedeckte, der geduldig auf ihn gewartet hatte, damit sie gemeinsam das Schlagwerk auslösen konnten, das nun die schwere, im Innern des Zwiebelturms hängende Glocke vor Zufriedenheit hin und her schwingen ließ, um genau zwölf Mal zu schlagen.

In einer perfekt synchronen Bewegung waren in der Sporthalle unterdessen mehrere Handgelenke hochgeschnellt, die Blicke auf die Armbanduhren gerichtet.

Zehn Minuten!

Zehn Minuten waren vergangen, seit die Glocken der evangelischen Kirche geläutet hatten!

Als die große katholische Glocke ein letztes Mal ertönte, zeichnete sich auf jedem der Gesichter einmal mehr das gleiche ungläubige und verständnislose Staunen ab. Ihr Glaube war in seinen Grundfesten erschüttert und jegliche Sicherheit angesichts dieser schrecklichen Feststellung zunichtegemacht: Ihre Uhren stimmten tatsächlich nicht mehr überein.

Es war ein Dorf wie »fast« alle anderen. Und dieses »fast« war der ganze Stolz seiner Bewohner: Es wertete den Ort auf und verlieh ihm einen einzigartigen Charakter, wie ein klug platzierter Schönheitsfleck mitten im Gesicht. Das Dorf lag in einer Talmulde zwischen mit dunklen Tannen übersäten Bergen, seine roten Dächer waren weiträumig über die sattgrünen Wölbungen verstreut. Wie jedes Dorf hatte es einen Markttag, seine besonderen Feiertage, einen Dorfplatz, ein Rathaus, ein paar Geschäfte, einen Friedhof und ein Fußballfeld. Und dann gab es da eben noch dieses »fast«, bei dem jeder durchreisende Fremde einen Moment innehielt und sich verwundert fragte, ob ihm seine Augen beim Anblick der beiden Gebäude keinen Streich spielten.

Denn da reckten gleich zwei Sandsteintürme ihr spitzes Dach in den Himmel.

Auf der einen Seite der Straße eine katholische Kirche.

Und auf der anderen ein evangelisches Gotteshaus.

Sonntagmorgens, Schlag elf Uhr, öffneten sich ihre schweren Pforten gleichzeitig wie die Tore einer Schleuse, um die Gläubigen auf die Straße zu entlassen. Und während in beiden Türmen gleichzeitig die Glocken schlugen, schoben sich die katholische und die evangelische Gemeinde ineinander und wurden zu einer einzigen Menschenmenge, die unter heiterem Stimmengewirr zum Dorfplatz strömte und die beiden Kirchen hinter sich ließ, die sich durch ihre offenen Kirchenpforten nur noch gegenseitig in den leeren Bauch starrten.

Jahrein, jahraus hatte das Dorf so im harmonischen Gleichtakt seiner beiden Turmuhren gelebt, die wie zwei Herzen schlugen, ach, in einer Brust und ihnen die Zeit verkündeten, ohne je auseinanderzudriften – bis zu dem tragischen Tag, an dem erstmals auf die Sommerzeit umgestellt wurde und jede von ihnen sich die Freiheit nahm, die eigenen Zeiger weiterzudrehen.

Es trennte sie erst eine Minute, dann zwei, bis es am Ende nun zehn waren. Unermüdlich waren die beiden Küster in die Türme geklettert, hatten sich durch das staubige Balkenwerk gezwängt, um die Uhren mit einem Schubs der Zeiger wieder in Einklang bringen, aber bei jedem Sonnenaufgang war wieder ein zehnminütiger Abstand zu sehen, als ob sich die Uhren im Licht der Sterne jede Nacht eine erbitterte Schlacht lieferten, um aufs Neue einen zeitlichen Graben zwischen sich zu ziehen.

Das gesamte Dorf begann daraufhin, zwischen den beiden Turmuhren zu schwanken. Beim Versuch, mit dieser ständigen zehnminütigen Ungewissheit zu leben, brüskierten die Zufrühkommenden die Zuspätkommenden und umgekehrt, sodass es in dem Ort bald zuging wie in einem wild gewordenen Ameisenhaufen.

Den Katholiken zufolge gab es keinen Zweifel daran, dass die evangelische Uhr zehn Minuten vorging. Die Protestanten hingegen waren überzeugt, dass die Kräfte des katholischen Kuckucks schwanden, weshalb er zehn Minuten hinterherhinkte. Und so beharrte jede Gemeinde, sich ihres göttlichen Rechts sicher, auf ihrer eigenen Wahrheit und verurteilte die Unnachgiebigkeit der anderen.

In den folgenden Wochen hatten Intoleranz und Hass auf diesem fruchtbaren Boden Wurzeln geschlagen. Die eisernen Rollläden der Geschäfte, die sich vorher einstimmig gehoben und gesenkt hatten, gingen nun bei Ladenöffnung und Schließung in unbeschreiblicher Unordnung rauf und runter. Die drei Bushaltestellen der Kommune glichen Rettungsinseln, auf denen sich Katholiken und Protestanten kreuz und quer aneinanderdrängten, und sobald der Bus vor ihren Füßen strandete, schrien beide Parteien los. Es hagelte Kritik für seine Verspätung und Beleidigungen für sein Zufrühkommen, sodass der arme Fahrer sich selbst dafür verfluchte, dass er die zehn Minuten salomonisch in zwei Hälften geteilt hatte, weil er den Schaden hatte begrenzen wollen.

Was den einzigen Uhrmacher des Dorfes betraf, so wusste der nicht mehr ein noch aus. Er hatte mehrere schlaflose Nächte damit verbracht, das Problem im Kopf hin und her zu wälzen. Da er eine treue, aber weltoffene

Kundschaft hatte, musste er vorsichtig zu Werke gehen. Wenn er seine ausgestellten Pendeluhren die evangelische Zeit anzeigen ließ, würde er die Hälfte seiner Einkünfte verlieren, und wenn er sie nach der katholischen Zeit stellte, würde ihm das Gleiche blühen. Deshalb hatte er die gleiche Entscheidung wie der Busfahrer getroffen und halbe-halbe gemacht, was sich als genauso unglücklich herausstellen sollte: In seinem Bestreben, jeden zufriedenzustellen, brachte er am Ende alle gegen sich auf. Man beschimpfte ihn als Diener des Teufels, als ungläubigen Söldner der Protestanten, als von den Katholiken bestochenen Verräter, und die Glocke über der Tür seines Lädchens läutete nur noch für den Briefträger, der mit unverhohlener Abscheu die Post auf den Tresen knallte.

Das Postamt von Mademoiselle Dormoy war nunmehr der einzige friedliche Rückzugsort im ganzen Dorf, ein *no man's land*, wohin sich die Bürger flüchteten, um eine Zeitlang dem Irrsinn zu entkommen. Nie hatte die winzige Geschäftsstelle in der Vergangenheit so einen Zulauf erlebt. Hier war die einzig geduldete Zeit die der automatischen Zeitansage, über die Mademoiselle Dormoy sorgsam wachte. Ungerührt stand sie hinter ihrem Schalter und blieb, was auch geschah, Herrin über dieses Fort Alamo.

Jedes der beiden Lager hatte natürlich versucht,

sie auf ihre Seite zu ziehen. Aber ihre Gesandten mussten unverrichteter Dinge wieder abziehen, während die Pieptöne der automatischen Telefonansage, die eine genau zwischen den Uhrzeiten der verfeindeten Kirchtürme liegende Zeit angab, in ihren Ohren klingelten. Mademoiselle Dormoy war nun mal nicht käuflich. Sie war geradlinig wie eine australische Autobahn und so standhaft wie ein Fels. Das Amtsblatt war ihre Bibel. Sie hatte noch nie irgendwelche Regeln gebrochen und würde ein Jahr vor der Rente ganz sicher nicht mehr damit anfangen.

Angesichts des Ausmaßes der Katastrophe hatte der Bürgermeister darum also alle Bewohner in der örtlichen Sporthalle versammelt, um in gütlichem Austausch eine für alle angemessene Lösung zu finden.

»Unsere Uhren stimmen nicht mehr überein.«

Der Rathauschef hatte das Offensichtliche noch einmal wiederholt, und das in einem Tonfall, der ernst und feierlich klingen sollte. Er hätte auch sagen können: »Unsere Uhren gehen falsch« oder »Die Uhren zeigen nicht mehr die gleiche Zeit an«, aber unglücklicherweise war seine Wahl auf einen Ausdruck gefallen, der den bitteren Beigeschmack von Zwietracht hatte.

Ja, unter ihnen herrschte Unfrieden, ihr Dorf war

aus dem Gleichgewicht geraten. Die Erinnerung an die guten alten Zeiten, als noch Einklang zwischen den Zeigern geherrscht hatte, schwebte kurz über der Versammlung und ließ ein paar Augen feucht werden, dann kehrte die Streitfrage jedoch mit ganzer Wucht zurück: Welche der beiden Uhren zeigt nun die richtige Zeit an?

Die gegnerischen Parteien debattierten endlos, um das Problem zu lösen. Jede hatte natürlich *die* Lösung parat. Ihre Lösung wohlgemerkt. Nacheinander waren der Pfarrer und der Pastor auf das extra aufgebaute Podium gestiegen und hatten vor der Menge glühende Predigten gehalten. Anstatt den Groll zu mindern, hatten ihre wohlwollenden Worte die Gemüter jedoch nur noch mehr erhitzt, entfachten sie doch wieder die Erinnerung an jahrhundertealte Konflikte.

Angesichts der beiderseitigen Unfähigkeit, eine zufriedenstellende Lösung zu finden, traf man bei Einbruch der Nacht deshalb die Entscheidung, über die Angelegenheit abstimmen zu lassen.

In aller Eile kopierte die Sekretärin des Bürgermeisters einen Zettel, auf den sie die Kürzel KU für Katholische Uhrzeit und PU für Protestantische Uhrzeit gekritzelt hatte, während ein paar Gemeinderatsmitglieder die Wahlurne vom Dachboden holten, entstaubten und in die Turnhalle brachten.

Im Saal herrschte urplötzlich Endspielstimmung, mit hibbeligen Fans auf beiden Seiten, die, versessen auf den bevorstehenden Wahlkampf, alle mithalfen, das improvisierte Wahllokal schnell zu errichten.

Und so glitten schon eine Viertelstunde später die zartgrünen Vorhänge der improvisierten Kabinen unter dem Ansturm der ersten Wähler beiseite. Vorbei die würdevollen Wahlsonntage, an denen die Menschen in andächtiger Stille zu den Wahllokalen pilgerten, dort einen Stimmzettel entgegennahmen und das Ergebnis ihrer Wahl danach feierlich in die Urne warfen: Wie ein Heuschreckenschwarm auf ein Weizenfeld hatte sich die Bürgerhorde mit einem Satz auf die Papierstapel gestürzt. Nachdem sie unter der ersten Welle schon gewankt hatten, brachen die Kabinen unter dem zweiten Run mit einem ohrenbetäubenden Krachen zusammen. Die Frauen schrien vor Angst, die Männer polterten vor Wut, und im Gedränge gab es erste Zusammenstöße. Zuerst wurden die Schultern, dann die Ellenbogen und schließlich die Fäuste eingesetzt, Füße traten an Schienbeine, Hände klatschten gegen Wangen. Laute Beschimpfungen überdeckten die Schmerzensschreie, die aus der Menge emporstiegen, der Pfarrer und der Pastor bekämpften sich mit hochgekrempelten Ärmeln und puterroten Gesichtern wie zwei Gockel im Hühnerhof, und ein paar vom Tumult aufgewirbelte

Stimmzettel flogen hoch zur Decke, flatterten über den hitzigen Köpfen und hatten es anscheinend alles andere als eilig, wieder zu Boden zu sinken.

Nur der alte Samuel hatte sich abseits gehalten. Er saß oben in den Zuschauerrängen der Sporthalle, wo ihn niemand zu bemerken schien. Aber der alte Samuel wurde sowieso nie bemerkt, man achtete schon seit langer Zeit nicht mehr auf ihn. Er wurde weder gehasst noch geliebt, er war einfach nur da, mehr nicht. Er war ebenso Teil des Dorfes wie die alte ausgelichtete Linde auf dem Dorfplatz oder die Granitbank am Brunnen.

Vierzig Jahre zuvor war er im Tal aufgetaucht, einen Rucksack auf dem Rücken, und hatte sich stillschweigend im Dorf niedergelassen, nicht auffälliger als eine Katze, die auf einmal da war und sich in der Sonne räkelte, in der tiefen Überzeugung, dass ein Dorf, das zwei Kirchen besaß, auch nicht schlimmer sein konnte als irgendein anderes. Ein paar Jahre lang hatte er sich mit kleinen Jobs und Gefälligkeiten mühsam über Wasser gehalten, bis er schließlich als Totengräber angestellt worden war. Gut drei Jahrzehnte hatte er daraufhin unterschiedslos Katholiken und Protestanten begraben. Eine Grube war eine Grube, und die Blasen, die der Griff der Schaufel an seinen Händen verursachte, scherten sich ebenso wenig um religiöse Überzeugungen.

Als vor seinen Augen nun aber die Rauferei losbrach, begann sein Herz heftig zu schlagen. Bilder einer anderen Zeit tauchten vor seinem geistigen Auge auf. Schaufenster, die unter Stockhieben zerbrachen, gelbe Sterne, die auf Jacken genäht werden mussten, ausgemergelte Gestalten in gestreiften Schlafanzügen, andere, die leblos zu hunderten gestapelt wurden wie gewöhnliche Holzscheite.

Er, Samuel Lewinsky, hätte den Kämpfenden darum gerne zugerufen, dass er wusste, wohin Hass führen konnte. Um sich daran zu erinnern, musste er nur den Ärmel seines Hemds hochschieben und die eintätowierte Nummer auf der pergamentartigen Haut seines Unterarms betrachten. Er, der nie seine Stimme erhob, hatte einen Moment lang den unwiderstehlichen Drang zu schreien verspürt. Zu schreien, um ihnen verständlich zu machen, dass die Uhrzeit es nicht wert war, dass man sich wegen ihr bekämpfte, und der Hass nicht die Oberhand gewinnen durfte, weil es danach für alles andere zu spät war. Aber Samuel war nur der Totengräber. Und auf den Totengräber hörte man nicht, das wusste er nur zu gut. Ein Totengräber durfte auf Erden nur eins: die anderen in aller Stille begraben.

Darum hatte er sich erhoben, der rasenden Meute den Rücken gekehrt und war von allen unbemerkt nach Hause gegangen. Beim Einschlafen hatte er nur noch darum gebetet, dass man das Kriegsbeil bald begrub.

Mitten in der Nacht wurde er von der Idee geweckt. Eine Idee, so einfach wie genial. Wie von einer göttlichen Mission erfüllt, hatte Samuel sich eilig angezogen und war zu den beiden Kirchen gelaufen.

Es war nun schon mehrere Stunden her, dass er sein Bett verlassen hatte, und er war am Rande der Erschöpfung. Mit zweiundachtzig Jahren stieg man nicht mehr ungestraft auf Kirchtürme, noch dazu auf zwei hintereinander.

Mit seinen dreckigen Händen packte er den schweren Jutesack neben sich und warf ihn in die dunkle Grube. Sein Inhalt klirrte metallisch, als die erste Schaufel Erde auf ihn fiel. Als Samuel sein Werk beendet hatte, trat er noch die Erde platt, um jede Spur der Schandtat zu verwischen, ging dann zurück zum Schuppen, um das Werkzeug abzustellen, und verließ danach den Friedhof, ein fröhliches Lied aus seiner Kindheit auf den Lippen.

Zu dieser frühen Stunde war im Dorf noch kein Mensch wach. Als er zwischen den beiden Kirchen hindurchging, hob er den Blick zu den Turmuhren, um sein Werk zufrieden zu bewundern.

Oben glänzten die Zifferblätter wie zwei Monde.

Zwei weiße Zifferblätter, die sich nun zeigerlos gegenüberstanden.

dtv

Zum Leben ist es nie zu spät

ISBN 978-3-423-26162-3
Auch als eBook erhältlich

»Die Leser werden hier dieselbe Feinfühligkeit,
dieselbe Poesie, denselben Humor wie in
›Die Sehnsucht des Vorlesers‹ finden.«
Bernard Lehut, RTL

1

Manelle war gereizt, wie jedes Mal, wenn sie über die Schwelle von Marcel Mauvigniers Wohnung trat. Der Kerl schaffte es immer wieder, sie auf die Palme zu bringen.

»Sie denken daran, meinen Topf ordentlich zu leeren, Mademoiselle.«

So empfing er sie jedes Mal. Kein »Guten Tag«, nie ein Wort des Willkommens. Nein, nur diese schroffe Ermahnung von seinem Wohnzimmersessel aus, in dem er von morgens bis abends festsaß: »Sie denken daran, meinen Topf ordentlich zu leeren, Mademoiselle.« Womit er ihr unterschwellig unterstellte, dass sie seinen Topf normalerweise nicht ordentlich leerte. Dabei dachte Manelle an nichts anderes, wenn sie hierher kam, nur an diesen mit blasslila Blumen verzierten Emailletopf, den sie jeden Morgen vom Schlafzimmer zur Toilette bringen musste, um den Inhalt – das Ergebnis einer Nacht mit prostatischen Störungen – in die Kloschüssel zu kippen.

Marcel Mauvignier war fast dreiundachtzig Jahre alt, seit Kurzem Witwer und hatte Anrecht auf vier Stunden Haushaltshilfe pro Woche, verteilt auf fünf Besuche von jeweils achtundvierzig Minuten von Montag bis Freitag. Besuche, während derer Manelle neben dem Leeren von Monsieurs Nachttopf unzählige weitere Aufgaben bewältigen musste, darunter Staubsaugen, Bügeln, das Bett machen und Gemüse schälen, und das alles unter dem misstrauischen Blick dieses alten Fieslings, der immer versuchte, ein wenig mehr für sein Geld zu bekommen.

»Ich habe eine Liste für Sie erstellt«, sagte der Alte süffisant.

Jeden Morgen wartete auf der Wachstuchdecke des Küchentischs ein kariertes Blatt Papier auf die junge Frau. Darauf standen die Aufgaben für den Tag. Manelle zog ihren blassgrünen Kittel an und überflog die Zeilen in Marcel Mauvigniers enger Schrift, der Schrift eines Knauserers, die nicht über die Linien trat. Sparsam geformte Worte.

Nachttopf leeren
Wäsche aufhängen
Weißwäsche waschen
Bett machen (Kissenbezüge wechseln)
Fikus im Esszimmer gießen
Küche + Flur fegen
Post holen

Bei dem Spiel »Wie-beschäftigte-ich-meine-Haushaltshilfe-eine-Dreiviertelstunde« war Marcel Mauvignier, ehemaliger Besitzer eines Elektrowarengeschäfts, inzwischen Meister. Manelle fragte sich regelmäßig, warum es für »Lakai« keine weibliche Form gab.

Sie schaute noch einmal auf die Anweisungen und versuchte zu erraten, wo das Scheusal heute den Fünfzig-Euro-Schein versteckt hatte. Sie wettete auf den Fikus.

Der Geldschein war Manelles täglicher Gral geworden. Ihn zu finden war für sie eine Herausforderung und gab den kommenden achtundvierzig Minuten eine gewisse Würze. Ein Jahr zuvor, als sie den Schein zum ersten Mal auf dem Nachttisch entdeckt hatte und gerade danach greifen wollte, hielt sie mitten in der Bewegung inne. Dieser Fünfzig-Euro-Schein, der glattgestrichen und gut sichtbar vor ihr mitten auf dem Deckchen lag, roch förmlich nach Inszenierung. Marcel Mauvignier war keiner, der Geld einfach so herumliegen ließ. Und schon gar nicht einen solch hohen Betrag.

Ein paar Sekunden lang hatte Manelle an all das gedacht, was sie mit einer solchen Summe hätte anstellen können. Restaurant- oder Kinobesuche, Klamotten, Bücher waren in ihrem Kopf aufgeblitzt. Auch ganz konkrete Wünsche, wie das Paar knallroter Sandalen, das sie am Vortag im Schaufenster von San Marina gesehen hatte und das auf 49,90 Euro reduziert war, wurden für einen Moment greifbar. Doch sie hatte schließlich entschieden, den Geldschein zu ignorieren, das Bett gemacht und das Zimmer verlassen, ohne einen weiteren Blick auf die fünfzig Euro zu werfen, die sie vom Spitzendeckchen aus zu verspotten schienen.

An jenem Vormittag riss sich Marcel Mauvignier prompt vom Fernseher los und steckte seine Nase in die Küche.

»Alles gut bei Ihnen?«, erkundigte sich der Alte, während sie den Berichtsbogen ausfüllte. Bis zu diesem Tag hatte sich der Alte noch nie um ihr Wohlbefinden gekümmert.

»Ja, alles gut.«

»Keine Probleme?«, fügte er hinterhältig hinzu, während er schon ins Schlafzimmer eilte.

»Sollte es welche geben?«, hatte sie ihm nur spitz hinterhergerufen.

Seine verdatterte Miene, als er wieder in die Küche kam, war für Manelle eine große Genugtuung. Alles schien ihm aus dem Gesicht zu fallen. Ein Anblick, der in ihren Augen viel mehr wert war als schäbige fünfzig Euro.

Seitdem wechselte der Schein mit der Registrierungsnummer U18190763573 – Manelle hatte die Nummer eines Tages notiert, um zu überprüfen, ob es sich wirklich immer um denselben handelte – in Mauvigniers Wohnung von einer Ecke in die andere. Es schien für den alten Mann eine Art Lebenssinn geworden zu sein, Manelle Tag für Tag der Versuchung auszusetzen …

Jean-Paul Didierlaurents neuer Roman ›Der unerhörte Wunsch des Monsieur Dinsky‹ erscheint im September 2017 bei dtv.